Widmung

Simone, die Hauptperson im Roman, ist eine über achtzig Jahre alte Frau, eine Waadtländerin. Ihre früheste Kindheit verbrachte sie in Lausanne, die meisten Schuljahre absolvierte sie jedoch in Bern. Simone ist eine perfekte Bilingue, Ärztin im aktiven Ruhestand. Die Coronapandemie erinnert sie an die Kriegszeit. Im zweiten Weltkrieg kämpften Länder gegeneinander, in der Coronazeit ist es ein Kampf gegen ein Virus. In diesem gleichsam neuen Krieg wagt es Simones langjährige jüdische Freundin Judith endlich, über den Überlebenskampf ihrer Familie im besetzten Elsass zu sprechen. Judith ist eine liberale, aber gläubige Jüdin geblieben, Simone dagegen ist Agnostikerin geworden. Das Bild eines Urahnen lässt sie jedoch nicht in Ruhe. Der Mann im Bild, Simon Perrin, war Pfarrer in einem Waadtländer Dorf. Die Agnostikerin Simone beginnt mit dem gläubigen Urahnen eine Art Selbstgespräch.

Agnostiker sind nicht Atheisten. Die Bezeichnung stammt aus dem Griechischen und bedeutet Nichtwissende. Ob es einen Gott gibt oder nicht, weiss Simone nicht. Es wird Gott ihrer Ansicht nach zwar eher nicht geben, aber man kann nie wissen. An irgendetwas glauben selbst Agnostiker. Simone ist in Glaubensfragen ein typischer heutiger westeuropäischer Durchschnittsmensch. So wie Simone sind doch die meisten jüngeren Menschen. Das dachte ich jedenfalls, solange ich Pfarrer war und sowohl mit jungen als auch mit alten Leuten Gespräche führte. Für die alten Leute, denen ich als ihr Pfarrer begegnete, war der Glaube noch eine Selbstverständlichkeit. Seit ich im Ruhestand eher nicht kirchlich orientierten Menschen meiner Generation begegne, stelle ich fest, dass der Glaube selbst für meine Generation keine Selbstverständlichkeit mehr ist. Das beschäftigt mich. Wir über Achtzigjährigen werden schon sehr bald aus dem Leben verschwinden. Und doch stellt diese abtretende Generation kaum noch die Frage: Wo werden wir dann sein? Werden wir überhaupt noch sein? Jedenfalls fragt sie nicht öffentlich. Mir kommt grosses Achselzucken entgegen. Und da frage ich mich: Wie kann ich als Mann, der vom Glauben getragen wird, diesen Mitmenschen – alten und jungen – etwas von dem weitergeben, das mir aufgegangen ist? So habe ich, gedrängt von Freunden, im hohen Alter mit Bücher-Schreiben angefangen. Mein erstes Buch trägt den Titel: *Ich freue mich auf meine Beerdigung – ich werde dabei sein.*

Mein neustes Buch *Simone und Simon* ist ein Roman. Er enthält viel Persönliches, von mir und von anderen Menschen. Das im Buch erwähnte Bild mit Simones theologischem Vorfahren gibt es; es hat mich inspiriert. Das Jüdische gehört zu unserer Familiengeschichte. Und die Hauptfigur des Romans wohnt nicht zufällig in Nidau, dem Nachbarstädtchen der zweisprachigen Stadt Biel-Bienne – ich war dort Pfarrer. Darum wird im Roman auch ein verrückter Pfarrer von Nidau erwähnt. Als das galt ich. Eine Atheistin sagte damals zu mir: «Ich kann nicht – oder noch nicht – glauben, was Sie verkündigen, aber ich fühle mich, wenn ich komme, auf seltsame Weise geliebt.»

Das wünsche ich meinen Leserinnen und Lesern. Egal ob Sie glauben oder noch nicht glauben: Fühlen Sie sich beim Lesen geliebt.

Ich widme dieses Buch meiner ehemaligen Schulkameradin vom städtischen Gymnasium Bern, Françoise Verrey Bass, die mich mit dem Bild ihres Vorfahren zum vorliegenden Roman inspiriert hat. Von ihr stammt auch das Gedicht *Le cri*, das ich mit ihrer freundlichen Genehmigung verwenden durfte. Die geschilderten Selbstgespräche zwischen Simone und Simon dagegen haben mit meiner Schulkameradin nicht das Geringste zu tun.

Marcel Dietler

Simone und Simon

Gegenwart und Vergangenheit begegnen sich

Bibliografische Information der Deutschen Nationalbibliothek: Die Deutsche Nationalbibliothek verzeichnet diese Publikation in der Deutschen Nationalbibliografie; detaillierte bibliografische Daten sind im Internet über http://dnb.dnb.de abrufbar.

Umschlagbild: Sabine Szabo (www.sabine-szabo.ch)

Layout und Lektorat: Urs und Kathrin Meier

Herstellung und Verlag: BoD – Books on Demand, Norderstedt

ISBN: 9783755732716

Inhalt

Erster Teil

Der Urahn zwischen dem Klopapier

Simone Perrin war völlig ausser Atem, als sie mit der grossen Packung Klopapier im Keller ankam. Die betagte Ärztin war bei verhältnismässig guter Gesundheit, doch sie spürte die vierundachtzig Jahre, die sie auf dem gebeugten Rücken trug. Das Buckelchen war ein Zeichen ihres hohen Alters. Ein Nachbarskind hatte sie kürzlich gefragt, was sie da auf dem Rücken habe. Simone hatte ein geheimnisvolles Gesicht gemacht und verschmitzt lächelnd erklärt: «Da drin sind die Flügelchen, die ich als Engel einmal haben werde.» Simone glaubte zwar weder an Gott noch an ein Leben nach dem Tod, doch so etwas konnte man einem Kind ja nicht sagen. Sie schob die WC-Papierpackung auf ein Regal. In der zweiten Welle der Pandemie hatte sie bei Coop problemlos Toilettenpapier einkaufen können. Niemand hatte versucht, es ihr zu entreissen. Bei der ersten Welle war das noch anders gewesen. Sie schüttelte den Kopf. Dass ein Virus die ganze Welt erfassen konnte, verstand sie als Ärztin zwar, aber dass im Zusammenhang mit Covid-19 die gesamte Menschheit von Australien bis Europa von einem Klopapier-Hamsterwahn ergriffen worden war, erschütterte sie zutiefst. In ihrem Nidauer Coop hatte sogar die Polizei für Ordnung sorgen müssen. Sie seufzte. Würde sie nach dem Glauben an Gott nun auch den Glauben an die Menschen verlieren?

«Zwischen dem Glauben an Gott und dem Glauben an die Menschen gibt es einen Zusammenhang», behauptete eine strenge Stimme. Die Stimme war zwar eine Simone-Gedanken-Stimme, doch schien sie direkt aus einem Bild zu kommen, aus einem alten Porträt, einem Erbstück, das Simone nach dem Tod der Eltern nicht in ihrem Wohnbereich hatte aufhängen wollen, es wegzuwerfen jedoch auch nicht übers Herz gebracht hatte. Sie hatte es im Keller in einem Regal untergebracht. Das Bild zeigte einen Urahn: Simon Perrin, Pfarrer in Lutry. Der Ur-Ur-Ur-Ur-

13

Grossvater blickte seine Nachfahrin zwischen dem Klopapier hervor mit einer Mischung aus Güte und calvinistischer Unerbittlichkeit an. «Bin ich denn wirklich so rigoros, wie du jahrelang gemeint hast, mein Kind?», fragte der Ur-hoch-vier-Grossvater. Simone schob das Klopapierpaket zur Seite. Jetzt war das ganze Porträt zu sehen. Simon und Simone Perrin – Urahn und Nachfahrin trugen denselben Vor- und Nachnamen. Und beide, Simon und Simone, lebten in der Zeit einer Pandemie, Simon zur Zeit einer Pockenseuche, Simone während der Coronaepidemie. Pasteur Perrin hatte mit ganzer Kraft für die Pockenimpfung geworben. Aus diesem Grund hatte er den Pockenroman von Jeremias Gotthelf auf Französisch übersetzt. Albert Bitzius, der Pfarrer im emmentalischen Lützelflüh mit dem Dichternamen Jeremias Gotthelf, hatte im Auftrag der Berner Regierung einen Roman geschrieben, um die impfgegnerische Landbevölkerung für die Pockenimpfung empfänglich zu machen. Im Roman verweigerte die Bäuerin Annebäbi Jowäger die Impfung für sich und die ganze Familie. Die Weigerung hatte furchtbare Folgen: Jowägers einziges Kind erkrankte an Pocken. Zwar überlebte Jakobeli, doch blieb er für den Rest des Lebens gezeichnet, ein unansehnlicher junger Mann mit einem von Pockennarben entstellten Gesicht. Ein Mann scheinbar ohne Aussicht auf ein künftiges Liebes- und Familienleben, bis wie ein Engel vom Himmel das Waisenmädchen Meieli auftauchte. Gotthelfs Roman war der Deutschschweizer Landbevölkerung richtig eingefahren.

«Damals hörte man noch auf die Kirche», meldete sich der Vorfahr im Bild. «Der Roman wirkte, weil Jeremias Gotthelf Pfarrer war. Darum habe ich – auch ein Pfarrer – seinen Roman auf Französisch übersetzt. Die Westschweizer Kantonsregierungen waren mir sehr dankbar.» – «Alle Achtung, Arrière-Gand-Papa!», meinte Simone zu dem Mann im Bild. «Auch jetzt haben wir wieder Impfgegner. Du bleibst als Pfarrer immer Pfarrer, selbst nach fast zweihundert Jahren. Ich bin zwar Agnostikerin, doch du sollst wieder zu Ehren kommen.» Simone blies den Staub vom Bild. Mit einer Toilettenpapierrolle in der Linken und dem Bild des Urahnen in der Rechten verliess sie den Keller. Sie betrat den Aufzug, drückte mit dem Daumen der Hand, die das Klopapier hielt, auf den Knopf des vierten Stockwerks, und fuhr in ihre Wohnung hinauf.

Es war eine geräumige Viereinhalbzimmer-Wohnung mit Blick auf den Bielersee. Heute war der See allerdings genauso unsichtbar wie der liebe Gott: Der Herbstnebel brütete einer kalten feuchten Henne gleich über der Stadt. Typisch für das Seeland. «Ohne meinen Mann Reinhard wäre ich nie in dieses Nebelloch gezogen», dachte Simone. Sie stellte das Porträt auf das rote Sofa in der gemütlichen Leseecke und warf einen Blick durch das Fenster. Unwillkürlich fröstelte sie. Sie sah nicht einmal bis zum Nachbarhaus. Im Sommer war das mittelalterliche Städtchen Nidau wunderschön, doch im Herbst und Winter war es ein Ort zum Depressiv-Werden, besonders in der Coronakrise. In ihrer Geburtsstadt Lausanne konnte man im Herbst und Winter viel mehr Sonnentage geniessen als im Seeland. Auch in Bern, wohin ihr Vater mit seiner Familie aus beruflichen Gründen gezogen war, hatte es mehr Sonnentage gegeben. Dank ihrer Berner Schulzeit war Simone zweisprachig aufgewachsen und dank ihrer Zweisprachigkeit war die Lausanne-Bernerin ihrem Mann Reinhard Stalder gerne nach Nidau gefolgt. Reinhard arbeitete als Uhrmacher in Biel, Simone eröffnete eine Praxis im Haus, in dem das Ehepaar wohnte. Das war praktisch. Da Arbeitsplatz und Privatwohnung nicht getrennt waren, konnte Simone auch immer ein Auge auf das Töchterchen Silvie und die Buben Manuel und Yanis haben. Zuhause sprachen die Kinder französisch, draussen spielten sie auf Deutsch. In der zweisprachigen Stadt Biel besuchten sie zunächst die französische Schule, später das zweisprachige Gymnasium. Simone war eine hingebungsvolle Mutter und eine leidenschaftliche Ärztin. Mit dem ihr zwar angeborenen, aber auch noch weiterentwickelten Einfühlungsvermögen gelang es ihr immer wieder, die psychischen Ursachen für ein körperliches Leiden aufzuspüren, was bei den Verdrängungsmechanismen der Patientinnen und Patienten nicht selbstverständlich war. Wenn sie auf den wunden Punkt stiess, pflegte sie sich in ihrem Sessel zufrieden zurückzulehnen, ihre Patienten anzulächeln und zu sagen: «So, jetzt habe ich Sie.» Dieser Satz klang so liebevoll, dass die Patienten sich geborgen fühlten. Manch einer änderte seine Lebensweise und wurde gesund.

«Du hast eben die Seelsorge in den Genen», rief es vom roten Sofa.

«Mag sein», antwortete Simone ihrem Urgrossvater in Gedanken. «Ich werde dein Bild in mein Schlafzimmer hängen.»

«Ausgezeichnet», meinte Simon, «dann kann ich dir das Lied singen: *Gott ist die Liebe, er liebt auch dich. Drum sag ich's noch einmal, Gott ist die Liebe, er liebt auch dich.*»

«Wenn du solche Sonntagschulerinnerungen in mir wachrufen willst, dann werde ich mit anderen Erinnerungen Gegensteuer geben. Im Gymnasium haben wir Dürrenmatt gelesen.»

«Ich weiss», grinste der Vorfahr, «der Pfarrersohn Friedrich Dürrenmatt – sein Drama *Der Mitmacher* ist ganz schön makaber.»

Simone staunte. «Was, du Vorfahr aus einem vergangenen Jahrhundert kennst Dürrenmatt?»

«Gewiss, mein Kind, vergiss nicht, ich bin deine innere Stimme. Du brauchst gar nicht nach dem Dürrenmatt-Band zu greifen. Ich kann gleich selber zitieren: *Die Burgdorf-Thun-Bahn überfuhr, während es aus den offenen Fenstern fröhlich herüberscholl: «Gott ist die Liebe, drum sag ich's noch einmal, Gott ist die Liebe, er liebt auch mich», das Auto des Blaukreuz-Inspektors. Als wir Sonntagsschüler hinzukamen, war von dem Blaukreuz-Inspektor, der, wie so oft, zu uns ins Pfarrhaus zum Sonntagsessen kommen wollte, nur noch der stattliche weisse Bart einigermassen übrig.*»

Simone schüttelte sich. «Und so etwas schreibt ein Pfarrersohn!»

«Ja, ein Pfarrersohn, so wie du die Ur-Ur-Ur-Ur-Grosstochter eines Pfarrers bist. Der Schriftsteller Dürrenmatt, der sich bemühte, Gott loszuwerden, hat ein Leben lang mit Gott gerungen. Er ist Gott nie losgeworden. So wie du auch ...»

«Gib sofort Ruhe, Grand-Papa, sonst lasse ich dein Bild wieder im Keller verschwinden.»

«Das würde dir wenig nützen, denn ob du es willst oder nicht, ich befinde mich im Keller deiner Seele, zusammen mit deinem gläubigen Papa.»

«Den Glauben meines Vaters habe ich bis und mit Konfirmation in der französischen Kirche Bern geteilt und darüber hinaus sogar noch zwei Jahre lang in der Theatergruppe der Kirche weiter gepflegt, aber dann bin ich meine eigenen Wege gegangen.»

«Die eigenen Wege geht keiner ohne Verbindung mit den alten Wegen. Du bist geschieden von deinem Mann, aber durch deine Kinder und Grosskinder ist er immer noch da.»

«Du hast ja recht, Grand-Papa. – Wenn das so weitergeht, fange ich noch an, mit mir selber laut zu sprechen», hörte Simone sich ganz laut sagen. Sie musste ihre depressiven Gedanken verscheuchen. Die Impfgegner hatten sie an Jeremias Gotthelf denken lassen, den ihr Vorfahr auf Französisch übersetzt hatte. Sie stand auf und trat an die Bücherwand. Irgendwo befand sich der Jeremias-Gotthelf-Band mit Annebäbi Jowäger. Doch sie zog den Band nicht heraus. Dieser würde sie nur wieder mit schweren Gedanken erfüllen. Sie wollte jetzt endlich einmal nicht an irgendwelche Seuchen denken, weder an die Coronapandemie noch an die spanische Grippe, die von 1918 bis 1920 gewütet und ihren Grossvater mütterlicherseits das Leben gekostet hatte. Ob Corona auch zwei Jahre dauern würde? Die schweren Gedanken liessen sich nicht verjagen. Sie begab sich in ihr Büro und setzte sich an den Computer.

«Hoffentlich finde ich eine aufmunternde E-Mail,» murmelte sie. Es hatte sich einiges angesammelt: Car Tours machte Reisevorschläge für den Frühling; ein Hotel in Verbier lud ein zu Skiferien. Das Wallis hatte zurzeit eine tiefe Coronafallzahl. In diesem Bergkanton hatten sie zur Rettung des Weihnachts- und Skitourismus rechtzeitig einen Lockdown verhängt, das hatte die

Fallzahlen gesenkt. Nun waren sie in der Lage, Skitouristen willkommen heissen. Doch das konnte morgen schon anders sein. Das Angebot war ohnehin nichts für Simone. Sie hatte das Skifahren bereits im Alter von fünfundsechzig Jahren aufgegeben. Ihre Augen suchten weiter. Ein Brian meldete einen Internetauftritt. «Wahrscheinlich etwas Pornographisches», mutmasste sie ärgerlich und beförderte Brian in den Spamordner.

Ihr Gesicht hellte sich auf: Eine ehemalige Patientin, welche vor zwei Wochen einen komplizierten Beinbruch erlitten hatte, schrieb, dass sie nun doch operiert werden könne, allerdings weder in Biel noch in Bern, denn in beiden Städten waren die Spitalbetten mit Covid-19-Patienten belegt; Operationen, die nicht lebenswichtig waren, wurden abgesagt. Dank Simones Intervention konnte ihre frühere Patientin nun aber in Thun operiert werden. Als Ärztin schmerzte sie die Erkenntnis, dass das Krankenhauspersonal am Limit war. Ärzte und Pflegefachleute hatten keine freie Minute, sie konnten sich nicht mehr erholen; zudem hatten sie keine Möglichkeit, sich für die Schwerkranken und Sterbenden die nötige Zeit zu nehmen. Simone biss auf die Zähne. Sollte sie, die Vierundachtzigjährige, sich freiwillig melden und ihre Hilfe anbieten? Doch sofort verwarf sie diesen Gedanken. Altersmässig gehörte sie längst zur Risikogruppe.

Aus einer weiteren E-Mail kam ihr der Name Mark Mauerhofer entgegen. Mark war ein Schulkollege aus der Gymnasialzeit, Pfarrer im aktiven Ruhestand. «Heute ist für dich ein reicher Pfarrertag», meldete sich der Gotthelf-Übersetzer vom Sofa. «Bestimmt hat dir der Schulkollege eine historische Abhandlung über Seuchen im Mittelalter geschickt.» Simon hatte recht, Mark sandte ihr im Anhang einen Vortrag über die Pestepidemien. Es war zum Verzweifeln. Die Menschen dachten Tag und Nacht an nichts anderes mehr als an die Epidemie. In den USA starben täglich mehr Menschen an Corona als Soldaten während des zweiten Weltkriegs an jedem Kriegstag. Simone hatte ein neues Wort gelernt: *Übersterblichkeit, surmortalité.* In der Schweiz herrschte *surmortalité*. Der Tod war weltweit für alle Menschen sehr real geworden und betraf nicht nur die anderen, sondern jeden höchst persönlich. Es war nicht erstaunlich, dass ihr Gymerkollege, der historisch interessiert war, eine Abhandlung über die Pestausbrüche geschrieben hatte. In vielen europäischen Städten war bei den grossen Pestepidemien mehr als die Hälfte der Bevölkerung gestorben, ganze Ortschaften waren vom Erdboden verschwunden. Mark erwähnte in seiner Abhandlung auch die Reformationszeit. Die Pest hatte damals auch in Zürich gewütet. Der Reformator Zwingli hätte sich retten können, denn er weilte beim Ausbruch der Seuche auf dem Land. Er eilte jedoch sofort in die Stadt zurück. Dass Zwingli um der Menschen willen den sicheren Ort verlassen hatte und in das verseuchte Zürich zurückgekehrt war, hatte Simone nicht gewusst.

«Gläubige Menschen stellen sich mutig dem Tod», rief es vom roten Sofa her. «Zwingli wusste: Ein Seelsorger gehört zu den Kranken und Sterbenden.»

Der Reformator wurde selber angesteckt und rang mit dem Tod. Simone las weiter in Marks Bericht: Zwingli überlebte und schrieb nach seiner Genesung ein Not- und Danklied. In der Mail ihres Gymerkameraden fand sie die Worte und die Noten:

Hilf, Herr Gott, hilf in dieser Not
an meine Tür klopft an der Tod.
Steh du mir bei zu dieser Frist,
Herr Jesus Christ, der du des Todes Sieger bist.

Ist es dein Will, zieh aus den Pfeil,
der mich verwundet; hilf und heil.
Rufst du zum frühen Tode mich;
dein Krug bin ich. Mach ganz ihn oder ihn zerbrich.

Tröst, Herr Gott, tröst. Die Krankheit steigt,
und Seel und Leib dem Schmerz sich beugt.

Nach deiner Gnad steht mein Begehr;
zu mir dich kehr; denn ausser dir ist Hilf nicht mehr.

Hin rinnt mein Leben; es ist um.
Still wird es bald, mein Mund ist stumm.
Mag nicht mehr stammeln nur ein Wort;
die Kraft ist fort, all meine Sinne sind verdorrt.

Gesund, Herr Gott, ich bin gesund.
Es preiset dich mein Herz und Mund.
Ins Leben wiederum ich kehr;
dein Lob und Lehr will ich verkünden immer mehr.

Simone setzte sich ans Klavier. Sie begann das Zwinglilied zu spielen und zu singen. Sie dachte an den Konfirmandenunterricht. Als die letzte Strophe verklungen war, spottete Simon: «Da schau her, ein kleiner Rückfall in die Konfirmationszeit. Pasteur Charles Brütsch von der französischen Kirche in Bern, wenn ich mich nicht irre.» Simone nickte versonnen. Charles Brütsch war ein guter Seelsorger und ausgezeichneter Prediger gewesen. Wenn Walter Lüthi, der berühmte Berner Münsterpfarrer, nicht predigte, besuchte auch ihr Deutschschweizer Gymerkamerad Mark den französischen Gottesdienst von Pasteur Brütsch. Sie lächelte. Charles Brütsch war Mitglied der theologischen Prüfungskommission gewesen. Als Mark vor einem Gremium von Experten – alle Experten waren Pfarrer – seine Prüfungspredigt ablegen musste, war Charles Brütsch nach dem Amen begeistert auf den werdenden jungen Pfarrer losgestürmt, hatte ihm auf die Schultern geklopft und laut lachend gesagt: «Künftiger Kollege, Sie haben vor den Experten nicht eine Prüfung abgelegt, sondern diesen Herren gezeigt, wie sie predigen müssten!» Diese Prüfungsgeschichte hatte Mark ihr persönlich erzählt. «Ich bin froh, dass Charles Brütsch mich konfirmiert hat», erklärte Simone am Klavier in Richtung Sofa. Sie erwartete von Simon eine Bemerkung über ihre Widersprüchlichkeit, einerseits den Glauben abzulehnen, andererseits jedoch ein Zwinglilied zu singen und sich mit Dankbarkeit an den Pfarrer zu erinnern, der sie konfirmiert hatte. Sie wusste bereits, was sie dem Bild auf dem Sofa antworten würde, falls es sich melden sollte. Sie würde Simon sagen, dass Pasteur Brütsch eben einen freieren Glauben gelebt habe als ihr streng calvinistischer Vater. Bei Pasteur Brütsch konnte man atmen, bei ihrem Vater erstickte man glaubensmässig. Doch Grand-Papa Simon im Bild beabsichtigte kein Streitgespräch. Ihn verlangte nach etwas ganz anderem.

«Ich habe Hunger», flüsterte er.

Simone musste lachen; es war ja schliesslich ihr eigener Hunger, der sich gemeldet hatte. Im Gemüsefach fand sie einen kleinen Kürbis. Sie bekam Lust auf Kürbissuppe. «Ist Kürbissuppe ok für dich, Grand-Papa?»

«Kürbisse galten zu meiner Zeit noch als fremdartiges Gemüse, das man nicht ass», brummte der Alte, «und ok würde man nie gesagt haben. Englisch galt damals als eine Nicht-Sprache; Französisch war in aller Leute Mund.»

«Ich weiss», gab Simone zu, «Kürbisse stammen aus Südamerika. Zu deiner Zeit hatten sie ihren Siegeszug erst in Spanien und Italien angetreten. Und was Wörter wie *OK*, *Cool* und *Lockdown* anbetrifft, bleibt Französisch trotzdem die schönste Sprache der Welt.»

«Da sind wir uns einig, Chouchou, doch Deutsch ist auch nicht schlecht. Gotthelf hat ein Werk mit der Aussagekraft eines Homer hinterlassen, und Berndeutsch ist ein wunderbarer Dialekt – *absolument savoureux.*»

«Woher rührt eigentlich deine Vorliebe für Berndeutsch, Grand-Papa? Das ist doch für einen Waadtländer nicht selbstverständlich? Unser Papa wurde immer wütend, wenn wir Kinder miteinander Berndeutsch sprachen.»

«Die Liebe meines Lebens, deine Ur-Ur-Ur-Ur-Grossmutter war eine Berner Patrizierin, Marie-Claire de Wattenwyl. Die Berner Aristokraten haben abwechslungsweise berndeutsch und französisch gesprochen. Ich habe dieses Gemisch übernommen, das hat mir bei den Gotthelf-Übersetzungen sehr geholfen.»

Simone schälte den kleinen Butternusskürbis und schnitt ihn in Würfel. Dabei warf sie einen Blick in die Zeitung. Das Telefon summte. «Madame Perrin, allô?» – «My name is Mary Sharamantan, I am afraid I have to inform you that your computer is not fully protected anymore, you …» Ohne weiter zuzuhören drückte Simone auf die rote Gesprächsbeendigungstaste. Ihr Computer war in Ordnung. Das war bloss wieder einer von vielen unerwünschten Anrufen.

«Wir lebten damals ohne Telefone, Handys und dergleichen viel ruhiger, Chouchou», klang es vom Sofa her, «oder soll ich anstatt Chouchou lieber Schätzeli sagen? Wir hatten ein sehr ruhiges Leben. Keine telefonischen Dauerstörungen.»

Simones Augen waren auf Seite 2 der Zeitung an dem Satz hängengeblieben: 'Corona entschleunigt unser Leben.' Der Entschleunigungsartikel gefiel ihr. Bei Seite 3 jedoch musste sie den Kopf schütteln: In Leissigen am Thunersee sollte ein dreihundert Jahre altes Haus abgerissen werden, weil die BLS die Bahnstrecke begradigen wollte und das alte Haus der Begradigung im Weg stand. Leissigen lag auf der direkten Bahnstrecke Flughafen Kloten-Interlaken mit Anschluss an die Jungfraubahnen und die Begradigung würde die Reisezeit der ausländischen Gäste auf das Jungfraujoch verkürzen – um genau acht Sekunden!

«Seid ihr Leute aus dem einundzwanzigsten Jahrhundert komplett wahnsinnig geworden?», kam die Frage vom Sofa.

«Ja, das sind wir, Simon.» Tränen quollen aus ihren Augen, allerdings nicht wegen des Acht-Sekunden-Wahnsinns; sie zerhackte gerade eine Zwiebel. Kürbissuppe mit Brot und Salat schmeckte den Gesprächspartnern. Dazu servierte Simone ein Glas

Weisswein. «Ein guter Tropfen aus der Waadt», wie Simon mit Befriedigung feststellte. «*Santé, Chouchou.*»

Ach! aber für Lenoren war Gruss und Kuss verloren

Es war Zeit für die Mittagstagesschau. «Deutsch oder Französisch?», fragte Simone. «Ça m'est égal», teilte ihr ihre innere Stimme mit. Sie griff nach der Fernbedienung und legte sich aufs Sofa. Meist schlief sie in dieser Stellung während der Tagesschau ein. Diesmal musste sie sich etwas umständlich niederlegen, da ihr das Porträt in die Quere kam. «Knuddeln mit dem Grossvater», dachte sie belustigt. Sie war schon lange nicht mehr körperlich berührt worden, in der Coronazeit nicht einmal von den Grosskindern und Urgrosskindern. Als Ärztin achtete sie peinlich auf *social distancing, d*och die Umarmungen und Küsse fehlten ihr. Es tat so gut, die Kleinen auf die Knie zu nehmen und ihre Wärme zu spüren. Sie erinnerte sich an das Gedicht *Lenore* von Gottfried August Bürger, das sie im Deutschunterricht am Berner Gymnasium gelesen hatte:

> Lenore fuhr ums Morgenrot
> Empor aus schweren Träumen:
> «Bist untreu, Wilhelm, oder tot?
> Wie lange willst du säumen?»
> Er war mit König Friedrichs Macht
> Gezogen in die Prager Schlacht
> Und hatte nicht geschrieben,
> Ob er gesund geblieben.
>
> Der König und die Kaiserin,
> Des langen Haders müde,
> Erweichten ihren harten Sinn
> Und machten endlich Friede;
> Und jedes Heer, mit Sing und Sang,
> Mit Paukenschlag und Kling und Klang,
> Geschmückt mit grünen Reisern,

Zog heim zu seinen Häusern.

Und überall, allüberall,
Auf Wegen und auf Stegen,
Zog Alt und Jung dem Jubelschall
Der Kommenden entgegen.
«Gottlob!», rief Kind und Gattin laut,
«Willkommen!», manche frohe Braut;
Ach! aber für Lenoren
War Gruss und Kuss verloren.

Simone fühlte sich eins mit Lenore. Auch für sie war in der Coronazeit Gruss und Kuss verloren. Wehmütig dachte sie an ihre Kinderzeit. In ihren frühsten Lebensjahren war sie gegen Morgen gern zu den Eltern ins Bett gekrochen – in den Ferien und an Wochenenden auch zu den Grosseltern. Sie hatte die Liebkosungen genossen. Auch die Zärtlichkeiten ihres Mannes waren wunderbar gewesen. Jahrelang hatte sie sich an seiner Seite wie im Traum gefühlt. Doch jetzt war für Simone Gruss und Kuss verloren.

«Chouchou», sagte Simon zärtlich, «ich bin ja da.» Liebevoll strich sie mit den Händen über das Bild, gähnte und betätigte die Fernbedienung. Auf dem Bildschirm erschien Gesundheitsminister Alain Berset, die Glatze leuchtend wie die Sonne, die Augen jedoch traurig, die Stimme ernst. Sein Redefluss war wie gewohnt ein wahrer Sturzbach. Wahrscheinlich hatte er sich angewöhnt, auf Deutsch so schnell zu sprechen, damit man seinen französischen Akzent kaum beachtete und seine Fehler möglichst nicht hörte. Fehler unterliefen ihm zwar nur sehr wenige, der Freiburger SP-Bundesrat sprach ausgezeichnet Deutsch, mit viel Charme und trotz Tempo väterlich. «Die Lage ist sehr ernst. Einige *Kantonen*» – Simone war der n-Casusfehler nicht entgangen – «einige *Kantonen* haben schnell reagiert und gute

Massnahmen getroffen. Andere *Kantonen* sind noch zu zögerlich.»
Der Magistrat erwähnte die Kantone Aargau und Zürich mit
keinem Wort, doch Simone dachte mit arztprofessioneller
Empörung an den Aargauer Regierungsrat, welcher die
bundesrätlichen dringlichen Empfehlungen bewusst ignoriert
hatte. In der Suisse Romande hatten sie bereits vor den
Empfehlungen des Bundesrats einen Lockdown light angeordnet,
wohingegen die Aargauer sich mit ihren verhältnismässig tiefen
Fallzahlen brüsteten und sich weigerten, strengere Massnahmen zu
ergreifen. In Zürich, wo die Fallzahlen bereits wieder stark
anstiegen, gaben sie sich ebenfalls gelassen, doch drückten sie ihr
Zögern weniger antibundesrätlich aus. Simone fühlte, wie in ihr
ein ärztlicher Zorn aufstieg. Diese Aargauer, diese Zürcher! An
Fernsehschlaf war in dieser Stimmung nicht zu denken. Alain
Bersets Stimme blieb freundlich, doch auf seiner Stirn erschien eine
Falte, welche die einfühlsame Ärztin mit Befriedigung als
Zornesfalte erkannte. Die Aussage des Bundesrats war klar und
deutlich: «Wenn diese *Kantonen* die nötigen Massnahmen nicht
selber ergreifen, wird der Bundesrat diese Massnahmen für das
ganze Land in Kraft treten lassen.» – «Bravo, Monsieur le
Conseiller fédéral», fanden Simone und Simon gemeinsam.

Die Kamera des Fernsehteams schwenkte zu Simonetta
Sommaruga. Die Bundespräsidentin wurde gefragt, ob ein
Konflikt mit den Kantonen vorliege. Sie verneinte. Der
Föderalismus bleibe eine gute Sache, die Kantonsregierungen seien
näher beim örtlichen Volk als der Bundesrat in Bern. Es sei ein
Privileg der Schweiz, dass die Regierungen ihre Beschlüsse nicht
über die Köpfe des Volkes hinweg träfen, sondern die Menschen
in ihren Entscheidungen mitnähmen. Sie selber fahre immer im
öffentlichen Bus nach Hause und rede mit den Leuten. So etwas
sei einzigartig auf der ganzen Welt. Sie stehe in dauerndem
Kontakt mit den Kantonsregierungen. Alles sei auf guten Wegen.

«Viel zu langsam, alles viel zu langsam!», fand Simone. Sie brauchte
Luft. Der Fernsehapparat war noch nicht ausgeschaltet, es ging um

den Brexit, als sie in die festen Schuhe schlüpfte. Sie zog den warmen Mantel an, als in den USA Trump zum x-ten Mal behauptete, um seine Wiederwahl als Präsident betrogen worden zu sein. Bei der Nachricht, dass Präsident Macron an Covid-19 erkrankt sei, drückte sie auf den Ausschaltpunkt. «Au revoir, chérie», rief Simon ihr nach, als sie in Richtung Tür ging, «tu n'oublieras pas ton masque.»

Ein Halleluja mit Nebenwirkungen

Ohne ihre innere Stimme hätte Simone die Maske vergessen. «Merci, Grand-Papa», rief sie zurück und setzte sich die Maske auf. Zwar herrschte im Städtchen Nidau kein Gedränge, doch sie wollte als Ärztin mit gutem Beispiel vorangehen und überall eine Maske tragen, wo Menschen einander begegneten.

«Bonjour, Simone», begrüsste sie ein Nachbar, ebenfalls ein Romand, als sie aus dem Haus trat, «comment ça va en ce terrible temps de Corona?»

«Merci, Jean-Marc, j'ai envie de prendre un peu d'air, sonst fällt mir die Decke auf den Kopf.»

Die Aare floss grau und sanft in dem Kanalbett, in das die Juragewässerkorrektur sie gezwungen hatte; normalerweise war der Fluss freundlich blau oder sogar grün. Simone spazierte zum Seespitz, wo die Aare den Bielersee verlässt. In seiner Jugend war der grosse Strom wild, übermütig und überschwemmend durch das Berner Seeland getollt, doch dann hatte man ihn bei Hagneck in den See gelenkt, und im See hatte er seine Wildheit verloren.

Der Seespitz war Simones Lieblingsort – ein Ort mit Erinnerungen. Hier war Reinhard in ihr Leben getreten. Es war in der Jahrhunderteiszeit 1963 gewesen; selbst die grossen Seen waren zugefroren, auf dem Bodensee fuhren sogar Autos von der Schweizer Seite nach Deutschland. Simone war mit einer Mitstudentin eigens von Bern nach Biel-Bienne gekommen, um auf dem Bielersee zu spazieren. Das Eis war spiegelglatt, blau, grün und schwarz. Männer, Frauen und Kinder flitzten auf Schlittschuhen dahin. Ein italienischer Händler hatte sein Ofenhäuschen in die vereiste Bieler Bucht gestellt und verkaufte heisse Marroni. Simone und Mariella schritten vorsichtig, um nicht auszurutschen, gegen das das rechte Seeufer, wo sie eine Burg mit Turm ausmachten. Das musste das Schloss Nidau sein. Da versperrten ihnen zwei junge Männer auf Schlittschuhen den Weg.

«Hallo, ihr beiden, seid ihr fremd hier oder lebensmüde? Ihr lauft Richtung Aare. Dort würdet ihr auf der dünnen Eisschicht einbrechen.»

«Ist dort die Aare?», fragten die Studentinnen entsetzt. «Das haben wir nicht gewusst.»

«Kommt mit uns auf die andere Seeseite», forderten die Burschen sie auf. «Dort ist es ungefährlich. Wir sind unterwegs nach Twann zum Fisch-Essen.»

Es war eine wunderbare Wanderung über den See nach Twann, in Begleitung von zwei charmanten Eistänzern, welche Mariella und Simone Pirouetten drehend umtanzten, den Studentinnen jedoch hilfsbereit die Hand reichten, wenn diese ausglitten. Die Eistänzer hiessen Reinhard Stalder und Guillaume de Perrot, beide Uhrmacher. Reinhard gefiel Simone besonders gut. Wenn er sie umtanzte, leistete sie sich mehrmals ein bewusstes Ausgleiten. Es war gut, Reinhards schützenden und stützenden Arm zu fühlen. «Wo nehmen sie in Twann eigentlich die Fische her, wenn der See gefroren ist?», fragte Mariella auf einmal. Alle vier brachen in Gelächter aus. Doch für die Wirtin vom Bären in Twann schien das kein Problem zu sein. Sie servierte den vier wunderbare *Egli frites*.

Zwei Jahre nach dem Eis-Seespaziergang wurde Doppelhochzeit gefeiert, in Ligerz, in der beliebten Hochzeitskirche, die sich über dem Bielersee fotogen in die Rebberge schmiegt. Obwohl keiner der vier sich besonders für Gott interessierte, war es für alle selbstverständlich: Geheiratet wurde mit dem Segen Gottes, selbst wenn man kaum an ihn glaubte. Für Simone begannen neun wunderbare Jahre. Dem Traumpaar wurden drei Kinder geschenkt: die Buben Yanis und Manuel und das Töchterchen Silvie. Die Taufe im französischen Gottesdienst in Nidau war ebenso selbstverständlich wie zuvor die kirchliche Trauung – sie nützte zwar nichts, aber sie schadete auch nicht.

Alles war gut gegangen, bis für die deutschsprachigen Angehörigen der Kirchgemeinde dieser charismatische Pfarrer gewählt wurde. Dieser Pfarrer war überzeugt, dass Jesus Christus selbst nach zweitausend Jahren Wunder wirke. Für Simone war klar: Dieser Mann war ein Scharlatan. Reinhard war da ganz anderer Meinung. Er, der abgesehen von Trauungen, Taufen und Beerdigungen nie einen Fuss in eine Kirche gesetzt hatte, begann Gottesdienste zu besuchen. Aus dem ursprünglichen Agnostiker wurde ein religiöser Freak – und da begannen die Schwierigkeiten. Simone, die den Glauben der Eltern, vor allem den calvinistischen Glauben des Vaters, hinter sich gelassen hatte, war vom Regen in die Traufe geraten. Die Eheleute entfremdeten sich. Der Halleluja singende Ehemann wurde unerträglich.

Wenn Simone abends medizinische Fachliteratur las, störte es sie, wenn im Zimmer der Kinder vor dem Einschlafen biblische Geschichten aufgeführt wurden. Sie hörte in ihrer Praxis sitzend, wie sich die Betten der Kinder in Schiffe verwandelten und die Bettgestelle zu klappern begannen, weil die Wellen des Sees Genezareth auf das Boot der Jünger losdonnerten. Die Kinder schrien als Jünger und Jüngerinnen in Todesangst, doch dann kam auf einmal Jesus auf den Wellen wandelnd. Eines der Kinder stieg als Petrus aus dem Boot, tanzte auf den Wellen, versank plötzlich, aber wurde von Jesus gerettet. Wie sollten die Kinder nach einem solchen Theater schlafen können! Simone war Ärztin; sie musste einschreiten. Was verstand denn schon ein Uhrmacher von der Gesundheit von Kindern! Und dazu noch Bibelaufführungen mit Mord und Totschlag, wenn David den Riesen Goliath mit der Steinschleuder zu Boden brachte und ihm den Kopf abschlug!

Die Eheleute brüllten sich fast täglich an. Die Brüllende war vor allem Simone, Reinhard dagegen zitierte mit unerträglicher Sanftmut Bibelverse, was sie erst recht rasend machte. *Sei nicht wie das Ross und das Maultier, die keinen Verstand haben; mit Zaum und Zügel muss man bändigen ihr Ungestüm, sonst nahen sie nicht zu dir,* konnte der religiöse Freak aus Psalm 32 liebevoll zitieren. Einmal, als Gott im nächtlichen Kinderzimmer die Ägypter auf ihrer Verfolgungsjagd im Schilfmeer hatte ersaufen lassen – was war das für ein Gott, der unschuldige Soldaten im Meer versenkte, anstatt sie in seiner Allmacht schlicht und einfach von der Verfolgung abzuhalten! –, klatschte Simone Reinhard die Hand ins Gesicht. Dieser bot ihr – ein ganz besonders grausamer Racheakt – lächelnd die andere Wange dar.

Unerträglich war auch das gestörte Sonntagsprogramm. Die Familienausflüge wurden auf den Samstag vorverlegt, auf den Tag, an dem sie keine Patienten empfing, sondern sich eigentlich weiterbilden wollte. Auch ans Ausschlafen an einem Regensonntag war nicht mehr zu denken. Reinhard löste sich aus ihren Armen und begab sich in die Kirche. Der Traum war zum Albtraum geworden, die Eheleute liessen sich scheiden.

Simone erteilte ihrem Exmann nicht Hausverbot. Er durfte die Kinder weiterhin im einst gemeinsamen Heim besuchen, doch in ihrer nun eigenen Haushaltung durfte Reinhard mit ihnen nur Hänsel und Gretel, Rotkäppchen, den Wolf und die sieben Geisslein sowie Frau Holle und dergleichen aufführen. Doch selbst bei den Märchen machte Simone ihrem Ex bei einem Glas Rotwein Vorwürfe. Eine Hexe, die in Todesqualen laut schrie, weil Gretel sie in den Ofen gestossen hatte, war für Kinderseelen nicht besonders gut. Allerdings waren die Vorwürfe nicht mehr so heftig, denn nach dem Rotwein suchte man gemeinsam das Bett auf – Sex mit dem Ex. Nach wenigen Monaten verliebte sich ihr Geschiedener jedoch leider in eine Halleluja-Frau und stieg nicht mehr in Simones Bett.

«Du hast es bedauert, dass Reinhard wieder geheiratet hat», stellte Simon fest. «Aber du hast ja die Scheidung beantragt. Warum eigentlich, da du ihn ja bis heute immer noch vermisst?»

«Er hat in seinem Innersten nicht mehr zu mir gehört. Er brauchte mich nicht mehr. Nicht einmal mehr für Kochen und

Haushaltung, dafür war er ja zuständig. Er ist ein fantastischer Koch. Ich war nur noch für Sex da.»

«Offenbar hat er dich auch für Sex nicht mehr gebraucht, er hat ja schliesslich wieder geheiratet. Vielleicht hast du ihm noch ganz anderes gegeben als Sex, du hast es bloss nicht gemerkt.»

«Das sage ich mir nach all den Jahren ja auch.»

«Hat er deinen Unglauben abgelehnt?»

«Eigentlich nicht, aber er hat ihn auch nicht mit mir geteilt.»

«Und hat er seinen Glauben mit dir teilen können?»

«Selbstverständlich nicht.»

«Hast du versucht, ihn vom Glauben abzubringen?»

«Hm!»

«Was anderes als ihn vom Glauben abzubringen, war dein Protest, wenn er mit den Kindern Bibeldramen aufführte?»

«Das hatte mit der Gesundheit der Kinder zu tun. Sie sollten schliesslich schlafen. Zudem hat er die Familie gespalten, indem er die Kinder mit diesen Geschichten von mir wegzog. Ich habe auf einmal auch bei den Kindern nicht mehr dazugehört.»

«So, jetzt habe ich dich, Frau Doktor. Du warst eifersüchtig auf Gott, den es doch gar nicht gibt. Du hast Reinhard vor die Wahl gestellt: Gott oder ich.»

«Ja, das habe ich. Aber Reinhard hat auch Fehler gemacht. Als ich ihn ins Gesicht schlug, war es gemein von ihm, lächelnd die andere Wange hinzuhalten. Hätte er damals normal menschlich wütend reagiert, selbst wenn er mir eine zurückgeknallt hätte, dann wären wir einander auf Augenhöhe begegnet und vielleicht noch heute zusammen.»

«Oui, mon enfant, Reinhards Reaktion war nicht Christusliebe, sondern christlicher Hochmut. Indem er dir mit seinem frommen

Lächeln die andere Wange darbot, stand er aufgebläht und grossartig vor einer Simone, die sich moralisch minderwertig vorkam. Gerade Hallelujachristen sind sich ihrer frommen Sünden meist nicht bewusst. Hallelujachristen werden nicht müde, immer wieder zu sagen, dass alle Menschen Sünder sind, aber sie haben keine Ahnung, wie recht sie damit haben und dass es vor allem sie selber betrifft.»

Saint-Gingolph

Simone stand immer noch an ihrem Lieblingsort, dem Seespitz, und seufzte. Seit Reinhards Heirat waren für sie Gruss und Kuss verloren. Das Gedicht, das sie als Gymnasiastin geliebt hatte, störte sie nun. Es schien sie geradezu zu verfolgen. *Ach! aber für Lenoren war Gruss und Kuss verloren.* Das war leider nur allzu wahr.

Unmittelbar über der Seeoberfläche hatte sich eine Nebeldecke gebildet. Die Boote der wenigen Fischer waren völlig vom Nebel verschluckt. Ihre Köpfe sahen aus, als ob sie vom Rumpf abgetrennt auf einem Nebelteller platziert worden wären. Simone zwang sich, nicht an den geköpften Johannes den Täufer zu denken. «Anne Boleyn», murmelte sie trotzig vor sich hin. Anne Boleyn war die Ehefrau, welche der englische König Heinrich VIII. hatte köpfen lassen. Sie ärgerte sich, wenn ihr Bibelverse in den Sinn kamen. Vater François hatte seinen Kindern dauernd Bibelverse eingetrichtert und sie gezwungen, diese auswendig zu lernen. «Notvorrat für Tage der Not», hatte er immer wieder betont. Jeder Streit mit Reinhard erinnerte Simone an die väterliche Bibelbehandlung.

Mit dem gemurmelten Namen Anne Boleyn hatte Simone den Gedanken an den geköpften Johannes den Täufer vertrieben. Doch nun waren auch die Köpfe der Fischer völlig im Nebel verschwunden. Simone vergass für einen Augenblick, dass sie sich am Ufer des Bielersees befand. Sie war ein kleines Mädchen, das in Lausanne mit ihrem Bruder Pascal und der Mutter auf dem Balkon stand. Es war Nacht. Sirenen heulten. Wie Leuchtfinger tasteten die Scheinwerfer der Fliegerabwehr nach den Flugmaschinen der Alliierten. Die Schweizer Armee war gezwungen, die fremden Flugzeuge abzuschiessen, die Schweiz war ein neutrales Land, das nicht überflogen werden durfte. Simones Vater, der Instruktionsoffizier war, hatte den Kindern allerdings lächelnd und mit Schweigefinger an den Lippen erklärt, dass die Schweizer Kanoniere oft mit Absicht danebenschössen. Die Alliierten warfen über der Schweiz Zettel ab, welche die Kinder am Tag eifrig aufhoben. Simone als frischgebackene ABC-Schützin konnte noch nicht verstehen, was auf den Zetteln stand, doch laut ihrem Bruder Pascal enthielten sie die Aufforderung, die Maschinen der Alliierten nicht abzuschiessen. In der Nacht, an die Simone sich erinnerte, war der Himmel über dem Genfersee plötzlich rot geworden. «Mon Dieu, Saint-Gingolph brennt!», schrie die Mutter. Tags zuvor erst hatten Perrins eine Tante im Fischerdorf Saint-Gingolph besucht. Saint-Gingolph ist ein geteiltes Dorf auf der Grenze zwischen Frankreich und der Schweiz. Tante Rose wohnte auf der Schweizer Seite. Die katholische Dorfkirche befand sich im französischen Teil des Fischerdorfes, der von den Deutschen besetzt war. Selbst achtzig Jahre nach dem schrecklichen Ereignis konnte Simone ein Schluchzen nicht unterdrücken. Die Résistance hatte einen Anschlag auf die deutschen Besetzer geplant, doch die Detonation erfolgte zu früh und am falschen Ort. Die Wehrmacht war zwar zurückhaltend gewesen, doch die Nazis – unter ihnen auch Franzosen – legten das Dorf aus Rache in Schutt und Asche. Obschon sie am Bielersee stand, roch Simone wieder den Rauch von damals, der über den Genfersee nach Lausanne getragen wurde. Die Erinnerung war unerträglich. Wer damals im Fischerdorf nicht über die Grenze fliehen konnte, wurde erschossen. Unter den Ermordeten befand sich auch der Dorfpfarrer. Als das Feuer sich der Kirche näherte, griff die Schweizer Feuerwehr ein. Es war schliesslich auch die Kirche der Schweizer. Der Brand und der Übertritt der Feuerwehr auf französischen, deutsch besetzten Boden löste in der Schweiz die höchste Alarmstufe aus: Hitler hätte das Eingreifen der Schweizer Feuerwehr als Angriff auslegen können. Es war die deutsche Wehrmacht selber, welche dazu beitrug, das Schlimmste zu verhindern. Gemeinsam mit der Schweizer Feuerwehr löschte sie den Brand und rettete die Kirche. Der Schweiz war das Eingreifen der Feuerwehr nicht zum Verhängnis geworden, aber Hitler hatte getobt. Simone und Pascal hatten seine Stimme am Radio gehört. Die Kinder sprachen damals noch kein Deutsch, doch dem

Gebrüll konnten sie ohne weiteres entnehmen, dass der Führer Drohungen und Verwünschungen gegen ihr kleines Land ausstiess. An das Wort *Konsequenzen* erinnerte sie sich bis auf den heutigen Tag. Die Schweiz werde die Konsequenzen zu tragen haben, schrie die schnarrende Stimme. *Konsequenz* war das erste deutsche Wort, das sie auf diese Weise lernten.

Würfelspielnase war das zweite, von ihrem Vater erfundene, deutsche Wort, an das Simone sich erinnerte. Wenn François – was in der Kriegszeit selten der Fall war – über das Wochenende zuhause war, bereitete er eigenhändig das Frühstück zu und rief dann durch das ganze Haus mit lauter, aber liebevoller Militärstimme: «Würfelspielnase!» *Le dé – der Würfel, le jeu – das Spiel, le nez – die Nase, le déjeuner – das Frühstück.* Papa sprach ausgezeichnet Hochdeutsch, aber kein Schweizerdeutsch, während hingegen Maman nach dem Umzug nach Bern bereits in den ersten Monaten einen Berndeutschkurs besuchte. Antoinette Perrin sprach mit ihrem französischen Akzent ein dermassen charmantes Berndeutsch, dass der Waadtländerin die Herzen nur so zuflogen.

Während der Kriegsjahre kamen sehr viele Kinder auf die Welt. Wenn die Schweizer Männer während des Aktivdienstes einige Tage frei bekamen, verbrachten sie und ihre Frauen viel Zeit im Ehebett. Simones und Pascals Schwesterlein Natalie war ein solches Aktivdienst-Kind, das im Berner Frauenspital auf die Welt kam.

Antoinette Perrin hatte in ihrem Haus im Liebefeld mehr Arbeit als früher, vor ihrer Übersiedlung in die deutsche Schweiz. In Lausanne hatte immer ein *jeune fille suisse alémanique*, das zur Erlernung der französischen Sprache in den Kanton Waadt gekommen war, im Haushalt mitgeholfen. In Bern hatten sie kein *jeune fille* mehr. Maman Perrin kümmerte sich im Liebefeld um restlos alles, um die Kinder, um den Haushalt und um den grossen Gemüsegarten. Jedes noch so kleine Stück Land musste aufgrund der angeordneten Anbauschlacht zur Ernährung der Bevölkerung genutzt werden. Selbst auf der herrlichen Aussichtsterrasse vor dem Bundeshaus gediehen anstatt schöner Blumen Kohlköpfe und Kartoffeln. Lebensmittel waren knapp. Um sie zu kaufen, brauchte man nebst Geld auch sogenannte Lebensmittelmarken, welche jeder Familie zugeteilt wurden. Auf das bisschen Schokolade, das man zu kaufen berechtigt war, mussten die Perrin-Kinder verzichten: Maman tauschte die Schokolademarken in der Nachbarschaft gegen Teigwarenmarken. Zu klein gewordene Kinderkleider brachte Antoinette aufs Land zu kinderreichen Bauernfamilien und brachte dafür einen Topf Butter oder sogar einen Happen Speck nach Hause. Im Estrich, der für die Kinder unzugänglich war, weil man dazu eine Leiter benötigte, gab es zwischen der Kiste mit den Christbaumkugeln und alten Hüten einen Hundert-Kilo-Sack Zucker, den Papa vor dem Krieg besorgt hatte. Wenn Antoinette mit der Leiter in den Estrich stieg, durften die Kinder mit einem Löffelchen in der Hand mitkommen. Ein Löffelchen Zucker aus dem Hundert-Kilo-Sack war ein unvorstellbarer Hochgenuss. Unter dem Dach hingen an Schnüren die aus dem Garten geernteten Bohnen, die für den Winter getrocknet wurden. Dörrbohnen mit gegen Kinderkleider eingetauschtem Speck waren der Himmel auf Erden. Mit Zucker aus dem Hundert-Kilo-Sack und Früchten aus dem eigenen Garten stellte Maman leckere Konfitüren her. Zum Abendessen gab es wechselweise Griessbrei oder geschwellte Kartoffeln mit Zwetschgenkonfitüre.

Im Keller standen die Hurden zur Überwinterung von Kartoffeln und Äpfeln, welche die Bäuerinnen – ihre Männer waren im Aktivdienst – im Herbst mit Pferd und Wagen ins Haus lieferten. Gegen Ende des Winters waren die Äpfel schrumpelig und die Kartoffeln voller Keime. Ebenfalls im Keller befanden sich auf Regalen luftdicht verschlossene Gläser mit eingemachten Eiern, ferner die verlockenden Konfitüren. Um die Schätze im Keller vor dem Zugriff der Kinder zu schützen, erzählten die Mütter die Geschichte vom Bölimann, einem unheimlichen Kobold, der im Keller hauste. Bei Maman hiess er *Croque-Mitaine*. Die

Kinderschreckgestalt vermischte sich unwillkürlich mit dem *Bon Dieu* von Papa, sodass Gott selbst für die erwachsene Simone nichts anderes als eine Art Bölimann war – falls es ihn überhaupt gab.

Simone fuhr sich mit der Hand über die Augen. «Maman, du warst einzigartig, sparsam und doch grosszügig. Als du wenige Monate nach deinem geliebten Ehemann starbst, habe ich beim Aufteilen des Erbes das Bild des Urahnen Simon Perrin mitgenommen und den Zuckersack, in welchem sich immer noch ein paar Kilo Zucker befanden, allerdings vergilbt. Aber ich habe es nicht übers Herz gebracht, den verstaubten Zucker wegzuwerfen, der für mich als Kind das Köstlichste vom Köstlichen war.»

Der Nebel lichtete sich etwas und schien sich auflösen zu wollen. Die Fischer wurden wieder sichtbar, samt Kopf und Körper. Auf der anderen Seite des Kanals hörte Simone die Stimmen der Schüler, ohne im Nebel bereits das Schulhaus erkennen zu können, doch die Stimmen trugen dazu bei, dass sie ein weiteres Mal in die Vergangenheit tauchte.

Ihr erstes Schuljahr hatte sie in Lausanne absolviert, aber nun befand sie sich am ersten Schultag als Zweitklässlerin im Liebefeld im Hessgutschulhaus. Vor dem Unterricht in deutscher Sprache fürchtete sie sich mehr als vor den kriegerischen Ereignissen auf der französischen Seite des Genfersees. Maman begleitete ihr Töchterchen, spürbar mit ähnlichen Angstgefühlen, denn in den ersten Monaten der Berner Jahre war weder ihr Hochdeutsch noch ihr Schweizerdeutsch schon voll entwickelt. Doch ihre Hemmungen waren unbegründet, Lehrerin Martha Wyss sprach mit Mutter und Kind Französisch. Fräulein Wyss blieb auch dann freundlich, als Simone über ihr lustiges Französisch lachen musste. Der Bann war gebrochen. In der ersten Stunde lasen sie eine Geschichte, in welcher ein Fass vorkam. Zum Glück war es eine Geschichte mit Bildern, sodass Simone begriff, dass der Satz *das Fass wegrollen* nicht dasselbe ist wie *détourner la face*. In den ersten Monaten ihrer Berner Schulzeit war sie nicht nur sprachlich eine schlechte Schülerin, sondern selbst in ihrem Lieblingsfach

Rechnen. In Lausanne hatte es in ihrer Klasse niemand mit ihr aufnehmen können, und nun auf einmal das! Dann aber half ihr die Lehrerin mit einem Trick: Fräulein Wyss riet der kleinen Westschweizerin, alles auf Französisch auszurechnen und anschliessend das Resultat auf Deutsch bekanntzugeben. Von da an war Simone im Rechnen auch in Bern wieder die Klassenbeste. Auch Berndeutsch lernte sie sehr schnell, sodass sie Maman bei den Hausaufgaben ihres Berndeutschkurses helfen konnte. Simone lächelte in der Erinnerung daran, wie sehr Maman gestaunt hatte, dass *ich bin gewesen* auf Berndeutsch *y by gsy* heisst. Auch bei Papa gab es sprachlich allerlei Lustiges. Bei Nachbarn und Freunden hatte er nichts dagegen, wenn sie Schweizerdeutsch mit ihm sprachen. Er verstand jedes Wort. Eigentlich war er ein gutmütiger Mann, der mit seinen Kindern gerne ein Spässchen trieb. Sie liebten es, Soldaten zu spielen, die sich bei ihrem Hauptmann auf Schweizerdeutsch anmeldeten. Mit wonnevollem Entsetzen warteten sie bei ihrer Anmeldung auf die schneidend scharfe militärische Stimme: «Gefreiter Pascal, Gefreite Simone, Gefreite Natalie, es ist unter Ihrer Würde, Ihren Hauptmann auf Hochdeutsch anzusprechen!» Er liess die Kinder nicht im Zweifel, dass er mit seinen Soldaten genauso umging. Die Kinder nahm er nach solchem Gebrüll liebevoll in die Arme und küsste sie. Er konnte sich vor Lachen kaum erholen, als die vierjährige Natalie ihn eines Tages fragte: « Papa, tu prends tes soldats aussi dans tes bras après leur avoir crié dessus?»

Das Gnägifluchtloch

Eine freundliche Stimme riss Simone aus ihren Gedanken. «Grüessech, Frou Dokter.» Frau Gnägi, eine ehemalige Patientin, stand neben ihr, Maske vor Mund und Nase, Jimmy den Foxterrier an der Leine. Frau Gnägi gehörte zu derselben Altersgruppe wie Simone. «Das hätten wir uns vor einem Jahr nicht träumen lassen, dass wir heute durch Gesichtsmasken miteinander reden müssten, nicht wahr, Frau Doktor.» Jimmy schnupperte vertraulich an Simones Beinen. «So etwas habe ich seit dem zweiten Weltkrieg nie mehr erlebt», erregte sich Frau Gnägi.

«Ich war in Gedanken auch gerade in der Kriegszeit», meinte Simone. «Sie haben recht, Frau Gnägi, das ist die schlimmste Zeit seit dem zweiten Weltkrieg. Zum ersten Mal ist auch wieder die Armee aufgeboten worden, diesmal nicht, um die Grenze zu schützen, sondern um in den Spitälern zu helfen. Doch was heisst überhaupt 'seit dem Krieg'? Wir befinden uns ja in der Tat mitten in einem Krieg, einem Krieg gegen das Coronavirus.» Simone hatte, als Frau Gnägi aus dem Nebel aufgetaucht war, sofort die Hygienemaske hochgezogen.

«Frau Doktor, erinnern Sie sich an die Gasmasken, die wir uns in den Kriegsjahren übungshalber überstülpen mussten?»

«Ja, schrecklich, wir sahen aus wie Gespenster. Und die Stimme war nur ganz dumpf zu hören.»

Frau Gnägi zupfte an ihrer Maske «Ich hatte Angst, unter der Gasmaske zu ersticken. Und jetzt, mit dieser Coronamaske, habe ich genauso Mühe mit dem Atmen.»

Simone lachte. «Auch ich war der Meinung, ich könne unter der Hygienemaske nicht atmen. Als ich soeben ganz allein unterwegs war, habe ich Nase und Mund frei gemacht, um besser atmen zu können; dabei habe ich allerdings festgestellt, dass ich auch ohne Maske keuche. Es ist nicht nur die Maske, Frau Gnägi, es ist unser Alter.»

Frau Gnägi nickte. «Wir stehen altersmässig auf der Abschussrampe. *Die alten Häuser noch, die alten Strassen noch, die alten Freunde sind nicht mehr.* Ich bin froh um Jimmy. Ohne Jimmy hätte ich niemanden zum Reden. Es kommt mich niemand mehr besuchen. Wir haben ja wegen Corona Besuchsverbot. Der Hund versteht meine Gefühle, er ist mein Gesprächspartner. Braver Jimmy!» Der Foxterrier leckte tröstend Frauchens Hand.

«Grüessech mitenand – Frou Dokter, Frou Gnägi.» Frau Ganz war an die beiden herangetreten. Sie hatte das Gespräch mitgehört. Jimmy begrüsste die neu Hinzugekommene mit freudigem Schwanzwedeln. Frau Ganz fröstelte. Zu Simone gewandt meinte sie: «Wetter und Corona machen depressiv. Sie haben keinen Hund zum Plaudern, Frau Doktor, nicht wahr. Sie müssen genau so einsam sein wie ich.»

Simone nickte. «Ich habe in der Tat keinen Hund und die Katze ist vor einem Jahr gestorben. Sie werden es nicht glauben, in meiner Einsamkeit habe ich angefangen, mit einem Bild zu sprechen, mit dem Porträt eines Urahnen. Aber Sie haben ja auch weder Hund noch Katze, Frau Ganz.»

«Leider nein, leider, leider. Doch im Gegensatz zu Ihnen habe ich nicht einmal ein Porträt, mit dem ich mich unterhalten könnte Die Einsamkeit macht mich verrückt. Ich spreche bereits mit dem Kühlschrank.»

Der Nebel wurde wieder dicker. Die Fischer waren nicht mehr zu sehen.

«Unangenehmes Novemberwetter», fand Frau Gnägi, «aber wenigstens bin ich zum ersten Mal im November nicht erkältet. Ich war noch nie so gesund, es tragen ja alle eine Maske. Komm, Jimmy. – Alles Gute, Frau Doktor; alles Gute, Frau Ganz.»

Die Frauen trennten sich. Jimmys Gebell war immer noch zu hören, als Hund und Frauchen längst im Nebel verschwunden waren. Simone ging noch nicht nach Hause. Sie lenkte ihre

Schritte in den Schlosspark und schob die Maske unter das Kinn. Sie war allein. Im Nebel sah die trutzige Burg recht schutzbietend aus. Frau Doktor liebte diesen Park. Sie zog die Maske erst wieder über Mund und Nase, als sie ihn verliess.

Sie schritt durch das belebte Nidauer Altstädtchen. «Bonsoir Madame – guten Abend, Frau Doktor.» War es denn so spät? Vom Kirchturm erklangen drei Glockenschläge. Erst drei Uhr, aber sehr dunkel. «Guten Abend.» Auf einmal sah Simone trotz Nebel, Dunkelheit und Maske Frau Schnurrenberger auf sich zukommen. In Wirklichkeit hiess Frau Schnurrenberger Hanselmann, doch alle nannten sie Frau Schnurrenberger – jedenfalls wenn die Plauderin nicht anwesend war. Simone, obwohl in der Coronazeit meist gern für ein Gespräch zu haben, fühlte nicht die geringste Lust, sich dem tosenden Schnurrenberger-Wortwasserfall auszusetzen. Eiligst floh sie durch das Gnägiloch an die Zihl.

Das Gnägiloch war ein torbogenförmiger Durchbruch in der Häuserfront. Laut Vermutungen alteingesessener Männer und Frauen des ehrwürdigen Städtchens war der Durchgang ursprünglich der Eingang zu einem Kloster gewesen, das in der Reformation zu einem Wohnsitz der Familie Gnägi geworden war. Direkt über dem Durchgang wohnte nach wie vor Frau Gnägi, mit der Simone am Seespitz gesprochen hatte. Auf der anderen Seite des Gnägilochs stand man unmittelbar an der Zihl, dem ursprünglich einzigen Ausfluss aus dem Bielersee.

Vor der Juragewässerkorrektion war die Aare von Bern via Aarberg nach Büren geflossen. Im Verlauf der Jahrhunderte hatte der mächtige Fluss seinen Lauf bei jedem Hochwasser verändert und dabei das Seeland unter Wasser gesetzt. Das Seeland war durch die Aare eine Moor- und Sumpflandschaft geworden, in der die Malariamücken eine Brutstätte fanden, sodass die Bevölkerung immer wieder von der Malaria heimgesucht wurde. Bei der Juragewässerkorrektion wurde die Aare bei Hagneck in den Bielersee geleitet, und in der Tiefe und Ruhe des Sees verlor der Fluss seine Wildheit. Bei Nidau verliess er den See in einem schiffbaren Kanal und verlor in der Schleuse von Port den letzten Rest von Unberechenbarkeit. Der alte Abfluss aus dem See, die Zihl, wurde an Nidau vorbei dem Aarekanal zugeführt, was das Städtchen zu einer Insel zwischen See, Aare und Zihl machte. Das entsumpfte Seeland wurde durch die Zähmung der Aare zu einem Garten mit fruchtbarem schwarzem Torfboden, aus dem nicht nur Gemüse, sondern auch Heizmaterial gewonnen wurde. In der Kriegszeit, als die Kohlen rar waren, heizten die Schweizer ihre Häuser und Wohnungen mit Torf. Simone erinnerte sich an die Arbeiten auf den Torffeldern. Die Schweizer Männer waren im Aktivdienst in Bereitschaft, das Land zu verteidigen. Die fremden Männer, die unter der Leitung von Schweizer Frauen auf den Feldern hart arbeiteten und Torf stachen, waren internierte Polen und Franzosen, später auch Juden, die es bis in die Schweiz geschafft hatten. Doch auch die Schweizer Überwacherinnen der Internierten stachen im Schweisse ihres Angesichts mit den Torfgabeln ins Erdreich und holten das Brennmaterial heraus. Eigentlich hätte man den Heldinnen, welche überall, nicht nur auf den Torffeldern, Männerarbeit leisteten, nach dem Krieg sofort das Stimm- und Wahlrecht verleihen müssen. Dieses wurde ihnen allerdings erst am 7. Februar 1971 gewährt.

Simone schlenderte der Zihl entlang zu dem kleinen Bahnhof von Nidau und von dort in einem Bogen an der Aare vorbei wieder zurück in ihre Wohnung. Sie steckte den Schlüssel ins Schloss, öffnete die Tür und ...

«Bonsoir, Chouchou», meldete Simon sich prompt, «tu as fait une jolie promenade?»

«Nenn mich nicht dauernd Chouchou», fuhr sie ihn an, «ich bin eine erwachsene Frau!»

«Für mich bleibst du ein kleines Mädchen, Chérie», erwiderte der Urahn sanft. «Wir hatten Besuch», fuhr er fort. «Du hast ein kleines Mäuschen in der Wohnung.»

«Dummes Zeug», tadelte sie den Alten, «im vierten Stock gibt es keine Mäuse.»

«Und doch musst du die Maus unbewusst bereits wahrgenommen haben, ich kann ja nur mit deinen Augen sehen und mit deinen Ohren hören. Ich bin die Stimme deiner Seele. Selbst die theologischen Argumente, die ich dir vorlege, haben ihren Ursprung in dir selber, auch wenn du sie verleugnest», verteidigte sich Simon. «Unter der Asche deines Agnostizismus sprühen ganz kräftige Glaubensfunken, die ich dir bewusst machen will. Du unterdrückst nicht einfach deinen gläubigen Vater oder deinen Halleluja-Ex-Ehemann, du unterdrückst dich selber. Deine Überzeugung, dass es nicht gibt, was es nicht geben darf, macht dich blind. Du würdest selbst dann noch behaupten, dass es im vierten Stock keine Mäuse geben kann, wenn sie dir auf der Nase herumtanzen würden.»

Wütend schaute Simone das Bild an. «Jetzt habe ich endgültig genug! Fort mit dir!» Simone setzte die Maske auf, packte das Bild, hielt es möglichst weit von sich, trat aus der Wohnung, öffnete die Lifttür und fuhr nach unten. Im Keller stellte sie das Porträt neben das Paket mit den WC-Papierrollen. Erleichtert fuhr sie in den vierten Stock zurück. Es war eine dumme Idee gewesen, das Bild in die Wohnung zu holen. Beinahe hätte sie ihm einen Platz im Schlafzimmer gegeben. Dann wären die Gespräche erst recht losgegangen.

Sie verspürte ein Hungergefühl. Sie war eine Frau, die nichts verschwendete – es gab noch einen Rest Kürbissuppe im Kühlschrank. Simone war nicht Frau Ganz. Frau Ganz sprach mit dem Kühlschrank. So etwas würde ihr nie passieren. Sie öffnete den Eisschrank. Mit einem Schrei fuhr sie zurück. In voller Grösse marschierte Urahn Simon heraus, den Spazierstock, den er auf dem Bild gar nicht gehabt hatte, vergnügt schwingend. Nun hatte der Coronawahnsinn sie tatsächlich völlig ergriffen. Und nicht genug damit sah sie auch noch die Maus durch die Wohnung trippeln.

War die Maus echt oder bloss Einbildung? Simone war am Verzweifeln.

«Die Maus ist echt», beruhigte Simon sie.

«Wo soll ich jetzt eine Falle kaufen, jetzt da die Geschäfte im Lockdown geschlossen sind?», jammerte sie. «Einzig die Lebensmittelgeschäfte stehen ja noch offen. Kleider, Autos und Mäusefallen kann niemand kaufen»

«Du brauchst keine Falle», erklärte Simon bestimmt. «Du kannst das niedliche Tierchen gleich jetzt mit einer Pfanne fangen. Mäuse fliehen immer auf demselben Weg zurück, auf dem sie gekommen sind. Ergreife die Pfanne ganz leise und eile dann lärmend dorthin, wo die Maus hergekommen ist, mit der Öffnung der Pfanne Richtung Maus. Das flinke Tierchen wird durch deinen Lärm erschrecken und dorthin zurückfliehen, woher es gekommen ist, direkt in die Pfanne.»

Sollte Simone das wirklich tun? Niemand würde sie auslachen, sie war ja allein. Sie wagte den Versuch. Leise nahm sie die Pfanne in die Hand und rannte polternd in die entgegengesetzte Ecke des Zimmers. Das Mäuslein ergriff augenblicklich die Flucht, schoss den Wohnungswänden entlang und raste direkt in die Pfanne. Deckel drauf.

«Hab keine Angst, Kleines, dir wird nichts geschehen.» Simone zog den Mantel an, setze die Maske auf und fuhr im Lift samt Pfanne ins Erdgeschoss.

Die Lifttür öffnete sich. «Guten Abend, Frau Doktor. Auch noch unterwegs?» Vor seiner Wohnung stand, Maske vor dem Gesicht und Schlüssel in der Hand, Herr Graber. «Oh, was haben Sie Gutes in der Pfanne?»

«Maus», antwortete Simone verlegen. «Schönen Abend noch.»

Herr Graber schaute ihr befremdet nach. Maus in der Pfanne? Er schüttelte den Kopf.

Simone schmerzte der Rücken, ächzend bückte sie sich, sachte hob sie den Deckel von der Pfanne, und huschhusch war das Mäuslein verschwunden.

«Du bist eine gute Frau», lobte Simon seine Nachfahrin, «du hast ein Herz für Tiere.»

«Woher weisst du überhaupt, wie man Mäuse fängt, Grand-Papa?»

Der Alte seufzte beglückt. «Meine Frau war eine de Wattenwyl. Berner sind zwar langsam, aber sie wissen, wie man flinke Mäuse fängt und wie man ebenso geschickt die Waadt und den Aargau erobert, aber auch wieder in die Freiheit entlässt. Aus der Geschichte kann man sehr viel lernen.»

Laisse-toi tomber dans les mains du Seigneur

Aus dem Verzehr der Restkürbissuppe wurde nichts. Im zehnten Stockwerk desselben Hochhauses wohnten Tochter Silvie und ihr Mann. Eric war Zahnarzt, Silvie Physiotherapeutin. Ihre Kinder waren bereits ausgeflogen und wohnten mit Lebenspartnern und Kindern in eigenen Wohnungen. Silvie stand unter der Tür. «Maman, zieh Hut und Mantel an. Wir machen in unserer Wohnung Durchzug und laden dich zu einem Fondue ein.»

«Moitié-Moitié?»

«Natürlich, Maman, dein geliebtes Fondue Moitié-Moitié.»

«Bei Moitié-Moitié komme ich auch mit», meinte Urvater Simon.

«Was hast du gesagt, Maman?»

«Ach nichts, ich habe bloss laut gedacht.»

Simone ging es in der Coronazeit besser als anderen Senioren und Seniorinnen. Silvie und Eric kümmerten sich rührend um die alte Mutter. In der Wohnung von Tochter und Schwiegersohn war es eiskalt. Doch das war in Ordnung, bei Durchzug konnte man sich nicht mit Covid-19 anstecken. Es war gut, Tochter und Schwiegersohn im selben Haus zu haben. Auch Sohn Manuel wohnte in der Nähe. Er führte in Biel-Bienne eine Wäscherei, die er coronabedingt leider aufgeben würde. Die Hotels blieben leer. Bettdecken, Leintücher, Kopfkissenüberzüge, Handtücher, Tischtücher und Servietten wurden nicht mehr in die Wäscherei geliefert. Mit Kurzarbeit hatten sich Manuel, seine Frau und ihre Mitarbeiter eine Zeitlang über Wasser gehalten, doch nun standen sie vor dem Bankrott.

Silvie und Eric, Zahnarzt und Physiotherapeutin, durften unter Einhaltung besonderer Schutzmassnahmen weiterhin arbeiten. Sie mussten ihren Klienten vor der Behandlung die Temperatur messen und doppelten Mundschutz tragen, jedenfalls Eric. Die Zahnpatienten aus begreiflichen Gründen nicht. Silvie und Eric waren finanziell abgesichert. Auch Sohn Yanis in Bern hatte keine finanziellen Probleme. Yanis war Gymnasiallehrer. Er hatte auf Digitalunterricht umschalten müssen. Yanis wohnte mit seinem Ehemann Sandro im Berner Länggassquartier. – Ehemann? – Simone lächelte. Sich daran zu gewöhnen, war nicht allen leichtgefallen. François Perrin, Yanis' calvinistischer Grossvater, der Instruktionsoffizier, hatte sich strikte geweigert, an der kirchlichen Männerpaarsegnung durch den verrückten Nidauer Hallelujapfarrer teilzunehmen, Grossmutter Antoinette war allein gekommen. Reinhard, Simones Exmann, hatte sich aktiv an der Segnung seines Sohnes und dessen Ehemannes beteiligt. Das hatte Simone erstaunt. Wie konnten ihr frommer Exmann und sein Hallelujapfarrer Schwule segnen? Gemäss den ihr von ihrem Vater eingetrichterten alttestamentlichen Bibelversen lehnte das Buch der Bücher homosexuelle Beziehungen mit aller Klarheit ab. Doch Reinhard und sein verrückter Pfarrer sahen das offenbar anders. Ihr konnte es ja egal sein; die Bibel war ohnehin ein Märchenbuch. Wenn zwei Männer oder zwei Frauen sich liebten, war das in Ordnung und hatte gefälligst akzeptiert zu werden, auch von ihrem calvinistischen Vater. Es gelang ihr schliesslich, den sturen Berufsoffizier dazu zu bewegen, mit seinem Enkel und dessen Ehemann Kontakt aufzunehmen. Und eines Tages gestand François ihr, er finde den Ehemann seines Enkels äusserst liebenswert. Und treuherzig fügte er hinzu, er werde Gott bitten, den beiden ihre Sünde zu vergeben. «Da gibt es nichts zu vergeben», hatten die beiden Ex Simone und Reinhard zu dem Offiziergrossvater in seltener Einmütigkeit gesagt und sich dabei gegenseitig erstaunt angeschaut. Wie konnten ein Frommer und eine Agnostikerin gleicher Meinung sein?

Silvie und Eric sahen den Gast, mit dem Simone sich unterhielt, nicht. Sie hatten keine Ahnung, dass ihre Mutter sich gerade wohlwollend mit der gleichgeschlechtlichen Ehe ihres Sohnes beschäftigte.

«Wie denkst du eigentlich darüber, Grand-Papa?» fragte Simone und drehte das Brotstück in der heissen Käsesuppe. «Hm», meinte dieser nachdenklich, «zu meiner Zeit wäre ich gegen eine solche Segnung gewesen, doch aus dem Blickwinkel der Ewigkeit sieht einiges auf einmal anders aus. Ich denke an König David und seinen Freund Jonathan. War es wirklich nur orientalische Poesie, dass David beim Tod des Geliebten schrie: 'Jonathan, deine Liebe war mir süsser als Frauenliebe'? Die Liebe der beiden Männer war heiss.»

Der Schwiegersohn blickte Simone fragend an: «Maman, ich habe dich nicht verstanden. Was hast du von heisser Liebe gesagt?»

Simone schreckte auf. Hatte sie laut gedacht? Sie blies auf das käsedurchtränkte Brotstück. «Ich habe gesagt heiss, der Käse ist heiss!»

Silvie stand sofort auf und reichte ihrer Mutter eine zweite Fonduegabel. «Hier, Maman, mit zwei Gabeln kannst du immer ein heisses Käsestück auf dem Teller etwas abkühlen lassen und mit der freien Gabel Brot in das Fondue tauchen.»

Lag eine gewisse Bedrückung in Silvies Stimme? Simone war nun voll in der Gegenwart angekommen. Sie spiesste ein Brotstück auf die zweite Gabel. «Silvie, was ist? Dich bedrückt doch etwas.»

Die Tochter brach in Tränen aus. «Tante Anna-Maria ist heute gestorben.»

«Oh, das tut mir leid.» Tante Anna-Maria war Reinhards zweite Frau. «Covid-19?»

Silvie nickte. «Sie hat mit Papa im Elsass, in Mulhouse an einer Tagung des Renouveau Charismatique teilgenommen, an einem Segnungs- und Heilungsseminar für Katholiken, Protestanten und Freikirchler aus Frankreich, Deutschland und der Schweiz. Lobpreisgottesdienste mit viel Gesang sind für die Christen des Renouveau Charismatique sehr wichtig.»

Simone unterdrückte eine Bemerkung über die Hallelujabrüder und -schwestern. Silvie, welche die kritische Haltung ihrer Mutter kannte, zögerte, fuhr dann aber fort und sagte: «Tausend Teilnehmer, und sie haben sich nicht an das Singverbot gehalten; nicht einmal Masken haben sie getragen. Der Anlass wurde zum Supergau.»

«Toller Heilungsgottesdienst», brummte Simone sarkastisch und stach mit Brot und Gabel wütend auf den Grund des Caquelons, auf dem sich bereits die herrliche Käsekruste, genannt *la Religieuse*, bildete.

«Maman,», mahnte Silvie traurig.

«Tut mir leid, Chouchou, es ist mir einfach so herausgerutscht, es ist nicht böse gemeint. Wie geht es Papa?»

«Er ist sehr traurig, Maman, aber ich kann ihn nicht einmal besuchen. Er ist in Quarantäne.»

In der Coronazeit waren viele Alte in Pflegeheimen, aber auch Kranke und Sterbende in ihrer Not allein, weil sie wegen Ansteckungsgefahr nicht besucht werden durften. Reinhard hatte mit seiner coronainfizierten Frau Kontakt gehabt. Für Silvie blieb deshalb einzig die Möglichkeit, mit dem Vater telefonisch zu sprechen oder vom Garten aus zu ihm hinaufzurufen, wenn er am offenen Fenster stand. Nicht infizierte Menschen durften sich in den Wohnungen nur in kleinen Gruppen versammeln.

«Diese Isolation ist einfach übertrieben», klagte Silvie. «Was sagst du dazu, Maman? Du bist doch Ärztin.»

«Es ist sogar unmenschlich – aber medizinisch sinnvoll. Das Virus verbreitet sich durch Tröpfchenansteckung über Aerosole. Wenn jemand hustet, singt oder lacht ...»

«Ja, ja», unterbrach Eric die Schwiegermutter, «spar dir den Vortrag, Maman. Wir kennen das alles. Darum sitzen wir ja weit auseinander und haben die Fenster geöffnet, aber durch

Einsamkeit wird man genau so krank wie durch Viren. Es sind falsche Massnahmen.»

Simone zog die Fonduegabel mit dem Brotstücklein zurück. Beinahe hätte sie zusammen mit Silvie in der Käsesuppe gerührt, doch in der Coronazeit war das nicht ratsam.

Die Stimmung war gedrückt. Selbst die *Religieuse* schmeckte nicht mehr. Trotz warmem Wintermantel und heissem Fondue war es Simone bei den offenen Fenstern und der traurigen Nachricht kalt geworden. Sie bedankte sich bei Silvie und Eric, setzte die Maske auf und fuhr mit dem Lift ins vierte Stockwerk zurück in die eigene warme Wohnung. Sie zog sich aus, schlüpfte in den Pyjama, legte die Zahnprothese unter Beigabe einer Tablette Kukident in ein Glas mit Wasser. Sie putzte die Zähne. Mit dem Waschlappen fuhr sie flüchtig über das Gesicht, duschen würde sie erst am Morgen. Missmutig zertrat sie mit dem Fuss ein winziges Silberfischchen, das unschuldig über den Badezimmerboden flitzte. Offenbar war es dringend nötig, wieder einmal gründlich staubzusaugen. Normalerweise putzte sie die Wohnung nur, wenn sie Gäste einlud, was sie in der zweiten Coronawelle tunlichst unterlassen hatte. Offenbar war es nun an der Zeit, die Wohnung auch ohne Besuch richtig sauberzumachen. Mit dem Putzen würde sie sich abreagieren. Im Schlafzimmer blieb sie wie jeden Abend einen Augenblick stehen, richtete den Blick auf die Fotos ihrer Lieben, die über dem Bett hingen.

«Eine gute Art zu beten», lobte Simon.

«Ich bete nicht», brummte sie, fügte jedoch sanft hinzu: «Ich sende gute Gedanken aus, auch an meinen Ex-Mann.» Sie blätterte in der schweizerischen Ärztezeitung, um sich müde zu lesen.

«Warum überspringst du die französischen Fachartikel?», fragte Simon, «Du bist doch perfekt zweisprachig.»

«Ja, schon», meinte Simone, «aber ich habe mein Medizinstudium auf Deutsch absolviert. Es ist für mich mühsam, medizinische

Artikel auf Französisch zu studieren, aber wenn mich die Muse zu einem Gedicht inspiriert, schreibe ich Französisch. Ich habe einen deutschen Kopf, aber ein französisches Herz.» Sie legte die Ärztezeitung zur Seite und knipste das Licht aus. Doch der Schlaf floh sie. Sie lag mit geschlossenen Augen wach da. Manuels drohender Bankrott und Anna-Marias Tod beschäftigten sie. Sollte sie ins Badezimmer gehen und ein Zeller Herz-und-Nerven-Dragée schlucken?

«Laisse-toi tomber dans les mains du Seigneur, mon enfant», flüsterte Simon.

Und tatsächlich, kaum hatte er das gesagt, verrieten tiefe Atemzüge, dass sie eingeschlafen war.

Alte Freundinnen

Der neue Tag war ein grauer, ganz gewöhnlicher Nebeltag. Simone besass keinen Hund, der sie hätte zwingen können, sich nach draussen zu begeben, doch sie war eine Frau mit berufserprobter Selbstdisziplin. Sie wusste: Wer rastet, der rostet. Der Körper muss in Bewegung bleiben, wenn er nicht seine Kraft verlieren soll. Simone machte ihre Turnübungen, stellte sich unter die Dusche – heiss und eiskalt, gut für die Blutzirkulation. Die schmerzenden Knie rieb sie mit Voltaren Dolo forte ein. Sie bereitete sich eine Tasse Kräutertee zu und stellte den Eierkocher auf drei Minuten ein. Aus dem Badezimmerschrank holte sie ihre Medikamente: eine Pille Perindropril-Indapamid-Mepha, einzunehmen zehn Minuten vor dem Frühstück, eine Dr.-Vogel-Zusatznahrung-Tablette fürs langsame Tee-Schlürfen und Aspirin Cardio für unmittelbar nach dem Essen. Sie schlüpfte in die festen Schuhe, zog den warmen Mantel an, setzte die Maske vors Gesicht und öffnete die Wohnungstür.

«Au-revoir, Arrière-Gand-Papa.»

«Dein *Alter Ego* kommt mit», antwortete dieser.

Simone schritt dem Aarekanal entlang Richtung Brügg. Abgesehen von einigen Hundehalterinnen war sie allein. Sie nahm die Maske vom Gesicht. Bis zur Schleuse Port war alles so wie immer, doch kurz vor Brügg stutzte sie. Diesen Seitenkanal der Aare hatte sie auf ihren Spaziergängen noch nie gesehen. Wohin führte er? Neugierig folgte sie der neuen Flussführung. Der Nebel lichtete sich, am tiefblauen Himmel strahlte die Sonne. Es wurde angenehm warm. Sie befand sich in einer zauberhaften Landschaft mit exotischer Fauna und Flora. Palmen rauschten, Orangen- und Zitronenbäume waren behangen mit saftigen Früchten, Blüten verströmten einen betörenden Duft. Eine Zebraherde zog an ihr vorbei, Kolibris helikopterten im Stillstand vor den Orangenblüten und labten sich am Nektar, in der Aare sperrte ein Flusspferd gemütlich gähnend das Maul weit auf. Simone war beglückt. Das alles so nah bei ihrer Wohnung! Warum hatte sie diesen Seitenkanal der Aare nie zuvor beachtet? War sie denn blind?

Der Wecker schrillte. Die herrliche Tropenlandschaft verschwand. Schade, es war wunderbar gewesen. Sie setzte sich im Bett auf. Sie war beglückt, aber auch nachdenklich. Was bedeutete der Traum?

«Es gibt etwas in deinem Leben, das dir unbekannt geblieben ist», behauptete ihre Simon-Seelenstimme. «Als Theologe würde ich sagen ...»

«Sag lieber gar nichts, Arrière-Grand-Papa, und schon gar nicht als Theologe. Es ist nicht das, was du meinst. Ich bin heute mit meiner Freundin Judith Günzburger verabredet.»

«Deine jüdische Freundin aus der Berner Gymnasialzeit?»

«Ja, meine jüdische Freundin, gläubig, aber nicht orthodox. Sie will mir im Städtchen Büren an der Aare zeigen, wo sie als Kind gelebt hat. Darum mein Traum von der Aare.»

«Du meinst, dass sie dort wie in einem Paradies gelebt hat.»

«Kinderzeit ist doch meistens ein Paradies, Grand-Papa.»

«Kinderzeit ein Paradies, mon enfant? Deine Kinderzeit in Ehren, aber war sie ein Paradies? Dein paradiesischer Vater, dem Maman das Sündenregister der Kinder vortrug, wenn ihn die Armee ausnahmsweise nach Hause entliess, und der euch dann für euren Ungehorsam Maman gegenüber übers Knie legte – ein paradiesischer Fudibrätsch? War der allabendliche Griessbrei eine Paradiesmahlzeit? Oder im Winter das Tragen von dicken Strümpfen, die mit Knöpfen an den Strapsen eines enganliegenden Kinderkorsetts, genannt Gschtältli, befestigt wurden und die Haut wund rieben – fühlte sich das an wie das Paradies? Oder war das brennende Saint-Gingolph ein Paradies?»

«Nein», anerkannte Simone, «das alles war nicht das Paradies. Meine Geschwister und ich haben immer geweint, wenn wir in das Gschtältli gepackt wurden. Schweizer Eltern hatten damals nicht genügend Geld, um für die Kinder Sommer- und Winterkleider zu kaufen. Die Buben trugen sommers und winters kurze Hosen, im Winter wurden sie zusätzlich warm gehalten durch Gschtältli und Strümpfe. Aber es gab für uns Kinder durchaus Paradiese. Die Soldaten-Weihnachtsfeiern mit echter Schokolade für die Soldatenkinder, das war das Schokolade-Weihnachtsparadies. Und einmal kam sogar General Guisan an die Feier und schenkte mir sein Foto mit Unterschrift – das ist für mich bis heute ein Paradies.»

«Und letzte Nacht hast du vom Aareparadies geträumt, Chouchou.»

«Ja, Grand-Papa, vom Aareparadies, weil ich heute das Paradies von Judith kennenlerne.»

Simone war sicher, den Traum verstanden zu haben. Ihr *Alter Ego* Simon war allerdings anderer Meinung. Simone turnte, duschte, kümmerte sich um die Medikamente, frühstückte. Alles wie im Traum, doch anders als im Traum holte sie zunächst unten bei den Briefkästen die Zeitung, natürlich mit Maske. Zurück in der Wohnung desinfizierte sie die Hände. Bei einer zweiten Tasse Kräutertee blätterte sie in der Zeitung: McConnell, der einflussreiche amerikanische Mehrheitsführer der Republikaner hatte nach langen Wochen des Zögerns Joe Biden zu dessen Wahl zum Präsidenten der der Vereinigten Staaten gratuliert. Trump sprach immer noch von Wahlbetrug. Bei Aarberg hatte ein Mann eine Frau vom Fahrrad gerissen und vergewaltigt. Bei den Brexitverhandlungen gab es immer noch keinen Durchbruch. Der bekannte US-Designer Alexander Wang hatte an einer Modeschau männlichen Models in den Schritt gegriffen. In Dänemark hatte die Regierung wegen einer angeblichen Virusmutation 17 Millionen Nerze töten lassen; eine ganze Industrie war vernichtet worden. In Aarau hatten falsche Polizisten mit Telefonanrufen versucht, die Angerufenen dazu zu bewegen, Unbekannten Geld zu übergeben. In Beromünster war ein 61-Jähriger auf dem Zebrastreifen angefahren worden. Simone blätterte weiter. Die

Einsamkeit hatte viele Menschen veranlasst, sich ein Haustier anzuschaffen. Dafür hatte Simone volles Verständnis. Im Verlaufe des Haustierartikels schüttelte sie jedoch energisch den Kopf. Eine Reklame warb für PetSecco, einen Schaumwein für Hunde und Katzen, alkoholfrei, aus reinstem Bio-Rindsfonds. Kostenpunkt: 14 Franken 90. Strawberry-Cheesecake für Hunde war für 5 Franken 40 erhältlich. Bei CBD-Öl für nervöse Hunde verliess sie den Artikel und wandte sich den Todesanzeigen zu. Die meisten Toten waren ältere Menschen, die nach kurzer Krankheit gestorben waren. «Wir wissen beide, was das für eine kurze Krankheit war», flüsterte sie ihrer inneren Stimme zu.

Simone legte die Zeitung zur Seite. Sie wollte Käsebrote richten für das Picknick mit Judith. Sie hätte die Freundin in Büren gerne in ein Restaurant eingeladen, doch die Restaurants hatten wegen Corona schliessen müssen. Sie hatte genügend Kräutertee angegossen, um noch eine ganze Thermosflasche zu füllen. Es war fast wie früher. In den Vierziger- und Fünfzigerjahren hatte man bei einer Familienwanderung im Rucksack Käsebrote oder Landjäger und Tee in einer Thermosflasche mitgenommen. Simone schüttelte sich. Nie wieder Landjäger – Käsebrote dagegen noch so gern. Simone liebte Käse in jeder Form: Hartkäse, Weichkäse, Fondue, Raclette. Auf die Mitnahme von Schinken würde sie heute verzichten. Ihre Freundin Judith war zwar keine orthodoxe Jüdin, doch sie würde nie Schweinefleisch oder eine Kombination von Milchprodukten und Fleisch essen. Mit Käse ohne Fleisch dagegen gab es kein Problem.

Simone packte alles zusammen, kontrollierte, ob das Badezimmerfenster geschlossen und die Herdplatte ausgeschaltet war. In der Stadt wollte sie nicht nur Judith am Bahnhof abholen, sondern auch ihre Sommerschuhe zum Flicken bringen. Sie steckte diese in eine Plastiktasche, zog die festen Schuhe und den warmen Mantel an, setzte die Maske auf und sauste hinab in die Tiefgarage zu ihrem Wagen. Am Bahnhof Biel fand sie tatsächlich einen Parkplatz. Die Zeit reichte gut, damit sie vor Judiths Ankunft noch mit ihren Schuhen zum Schuhmacher konnte. Ob er sein Geschäft wohl hatte offenhalten dürfen? Immerhin gehörten geflickte Schuhe wie Lebensmittel zum täglichen Gebrauch. Sie hatte Glück, die Schusterei war geöffnet. Simone liebte den besonderen Duft nach Leder und Leim in dem kleinen Laden. Der gemütliche italienische Schuster Lupatini schaute ihre Schuhe gründlich an. «Sie brauchen neue Sohlen. Kostenpunkt siebzig Franken, im Voraus zu bezahlen.»

Simone legte die siebzig Franken auf den Ladentisch. «Ah, Herr Lupatini, wenn ich schon da bin, ich brauche eine Tube rotbraune Schuhcreme.»

Der Schuster blickte sie mit einer Mischung aus Ernst und Belustigung an. «Schuhcreme gehört im Gegensatz zu geflickten Schuhen nicht zum täglichen Gebrauch. Im Laden darf ich Ihnen dergleichen nicht verkaufen, aber wir können gerne aufs Trottoir hinausgehen und den Handel dort abwickeln. Auf diese Weise mache ich mich nicht strafbar.»

Herr Lupatini sagte das keineswegs zum Spass. Derartige Widersinnigkeiten ereigneten sich mit den Coronamassnahmen dauernd. Kundin und Schuster schüttelten missbilligend den Kopf. Sie zählten einander auf, was ihnen an Widersinnigkeiten gerade durch den Kopf ging: «Schönheitssalon ja, Buchladen nein, Coiffeur ja, Konzerte nein, voller Bus ja, Museum nein, geflickte Schuhe ja, Schuhcreme nein!», ereiferte Simone sich. Herr Lupatini landete den Volltreffer: «Bordell um 7 Uhr früh ja, ab 18 Uhr nein!» Beide brachen in Gelächter aus. Sie traten vor das Geschäft, Simone erhielt die Schuhcreme und Herr Lupatini sein Geld.

Simone hatte immer noch ein Grinsen auf den Lippen, als sie ihre Schritte wieder dem Bahnhof zu lenkte. Ihre lachenden Mundwinkel konnte jedoch niemand sehen, da sie ja maskiert war. Sie schaute auf die Uhr. Es war immer noch zu früh für Judiths Zug. Auf dem Bahnhofplatz herrschte ein emsiges Kommen und Gehen. Normalerweise hätte Simone das Gedränge nicht als

Gefahr wahrgenommen, doch die Zeiten hatten sich geändert. Junge und alte Menschen liefen über den Platz, Schweizer, Tamilen, Afrikaner und Leute vom Balkan. Alle trugen Masken. Wieder wurde sie an den Krieg erinnert, als Gasmaskenübungen abgehalten wurden. Bei einer solchen Übung vor der Kirche St. François in Lausanne waren mehrere hundert Menschen dabei gewesen. Ihre Mutter hatte eine durch einen Gasangriff Verletzte gespielt und war auf einer Bahre weggetragen worden, während Simone und ihr Bruder echt geweint hatten. Eine Nonne mit Gasmaske hatte sich um die Kinder gekümmert.

Simone blickte um sich. Sie entdeckte einen Gemüsestand. Was in aller Welt hatte sich der Gemeinderat dabei gedacht, ausgerechnet am Bahnhofplatz einen Gemüsestand zu erlauben? Er war zwar mit Seilen umgeben, die einen Zugang und einen Ausgang mit Abstand markierten, aber eben am belebtesten Ort der Stadt! Auf einmal erblickte sie, was auf gar keinen Fall sein durfte: Eine Frau ohne Maske griff prüfend mitten in das Gemüse. Drohend schritt Simone auf die Unmaskierte zu. «Ich bin Ärztin, zeigen Sie mir den Ausweis, der bestätigt, dass sie aus gesundheitlichen Gründen keine Maske tragen müssen.»

«Ich habe keinen Ausweis», antworte die Frau in protestierendem Ton, «ich lasse mir nicht vorschreiben, dass ich eine Maske aufsetzen muss. Zudem habe ich keine Angst, dass ich angesteckt werden könnte.» Sie griff erneut in das Gemüse. «Ich glaube, ich entscheide mich für diesen Blumenkohl.»

«Sie haben hier gar nichts zu entscheiden», erklärte Simone streng. Sie streckte der hartnäckigen Frau eine Maske entgegen. Mit dem Finger zeigte sie auf einen Polizisten. «Sie setzen augenblicklich diese Maske auf oder ich rufe den Polizisten dort.» Murrend gehorchte die Frau.

Simone richtete ihre Aufmerksamkeit wieder auf den Eingang der Bahnhofhalle. Und dort kam sie geschritten, Judith Günzburger, ihre Freundin, leicht hinkend – das Alter eben.

«Simone!

«Judith!»

Die Freundinnen stiessen sich mit dem Ellbogen an. Simone hasste diese Form der Begrüssung, aber man konnte sich nun einmal die obligaten drei Küsschen nicht erlauben.

«Wie geht es dir in dieser Coronakriegszeit, Judith?» Simone führte die Freundin die paar Schritte zu ihrem Toyota.

«Die Pandemie kann man nicht mit der Kriegszeit vergleichen», erwiderte die Freundin erstaunlich heftig.

Simone war überrascht. Warum dieser aggressive Ton der sonst so liebenswürdigen Freundin? «Vergiss nicht, die Günzburger sind geflüchtete Juden», flüsterte Simon. «Judith hat Angehörige, die in Buchenwald ermordet wurden.»

Simone runzelte nachdenklich die Stirn. Für sie war Judith in Büren und Bern aufgewachsen; die Eltern hatten eine Art Baseldeutsch gesprochen, ausser wenn sie sich untereinander auf Jiddisch unterhielten. Simone hatte nie darüber nachgedacht, dass es bei Günzburgers ein Leben vor Büren gegeben haben könnte. Sie öffnete der Freundin die Türe zum Beifahrersitz. Sie fühlte sich beobachtet.

«Die Frau, der du am Gemüsestand die Maske aufgezwungen hast, wird deine Ausfahrt verhindern, wenn ihr zwei im Auto die Maske vom Gesicht nehmt», warnte Grand-Papa Simon. «Diesen Gefallen werden wir ihr nicht tun», gab Simone zurück.

«Was hast du gesagt?», fragte Judith.

«Ich habe gesagt, dass wir die Maske anbehalten müssen.»

«Aber wir sind doch im Kanton Bern, der weniger strikt ist.»

«Ja, schon, aber ich halte es wie die Genfer; das ist meine *déformation professionelle*; ich war Ärztin und ich bleibe Ärztin.»

Der Motor sprang an. Mürrisch gab die gekränkte Kundin vom Gemüsestand den Weg frei. Vorsichtig, wie es für eine betagte Ärztin richtig ist, steuerte Simone den Wagen durch die Stadt. Kurz bevor sie Biel verliessen, rannte ein Mann bei Rot über die Strasse. Für die Autos war es grün gewesen. Simone stoppte; sie liess das Fenster herunter. «Mann, sind Sie lebensmüde?» Dieser schüttelte den Kopf. «Was ist Ihr Problem? Ich habe den Knopf an der Ampel absichtlich nicht gedrückt, damit Sie nicht wegen mir anhalten müssen. Sie waren ja noch ein gutes Stück vom Zebrastreifen entfernt und fuhren recht langsam.» Simone schämte sich ein bisschen. «Oh, danke», rief sie durchs Fenster.

«Bist du nicht allzu gesetzestreu?», fragte Judith. «Was der Mann getan hat, war doch gesunder Menschenverstand.»

«Mag sein, dass ich pingelig bin», meinte Simone leicht beleidigt. «Echt agnostisch pingelig», stimmte der innere Simon lautlos zu, «um nicht zu sagen atheistisch-fundamentalistisch pingelig.» Simone biss auf die Zähne; sie hasste Selbstkritik. Es war oft einfacher, andere Menschen zu psychologisieren, als sich seinem Ego zu stellen. Aber heute wollte sie sich nicht mit sich selber beschäftigen. Als gute Psychologin spürte sie, dass Judith von einer tiefen Trauer erfüllt war. Der Grund für die Trauer musste in Büren zu suchen sein. Simone setzte die Sonnenbrille auf. Es war einer der wenigen Novembertage, an denen das Aare-Mittelland nebelfrei war.

Judith lachte: «Du siehst unheimlich aus mit Maske, Sonnenbrille und Winterkappe.»

Simone nickte. «Wie damals mit den Gasmasken.»

Der schmerzhafte Zug um Judiths Augen verstärkte sich.

Simone zog die Kappe vom Kopf. «Ist es so besser?»

«Ja, jetzt bist du wieder ein Mensch. Aber wenn wir aussteigen, musst du die Kappe wieder aufsetzen. Draussen ist es trotz Sonne sehr kalt.»

Die Freundinnen trugen immer noch die Masken. Vor ihnen tauchte das malerische Aarestädtchen Büren auf. Simone steuerte ihren Toyota vorsichtig durch die Gassen zum Parkplatz. «So, da wären wir. Kappen anziehen, die Masken behalten wir auf, denn im Städtchen treffen wir auf Leute.»

«Die Masken können wir abnehmen, sobald wir ausserhalb des Städtchens sind», meinte Judith, «mein Elternhaus steht nicht im Städtchen, sondern in Gottes freier Natur.»

Simone erinnerte sich an ihren paradiesischen Traum. Sie musste lachen. «Oh, du hast in einem Paradies gelebt; vielleicht sogar im Häftli.»

«Sehr richtig, im Häftli.»

Das hatte Simone nicht erwartet. Sie hatte das Häftli gedankenlos erwähnt und ins Schwarze getroffen. Mit offenem Mund stand sie da. Doch sie verstand die Welt nicht mehr, als Judith begann, wie eine ihres Berufs überdrüssige Touristenführerin Allgemeinwissen über das Häftli herunterzuleiern.

«Das Häftli ist eine grosse Flussinsel. Vor der Juragewässerkorrektion floss die Aare von Aarberg, ohne den Bielersee zu erreichen, gegen den Jura, der ihr beim Büttenberg den Weg verriegelte. So floss sie in zwei grossen Schleifen in Form eines Häftlis wieder gegen Büren. Im Gebiet von Meienried vereinigten sich Aare und Zihl und stauten sich gegenseitig. Es entstand eine Auenlandschaft mit dynamischem Wechselspiel von Überschwemmung und Abfluss.»

Judith deklamierte immer schneller und lauter: «Durch den Bau des Nidau-Büren-Kanals wurde das Häftli faktisch zur Insel. Das Häftli ist ein bedeutendes Naturschutzgebiet der Schweiz mit einer aussergewöhnlichen Fauna und Flora. Die Auenlandschaft mit Tümpeln, Weihern und kleinen Inseln ist ein Paradies für Amphibien, fast ausgestorbene Froscharten und dergleichen. Im

Sommer können Sie Störche herumstolzieren sehen und nachts Nachtigallen singen hören.»

Judith gebrauchte in ihren Ausführungen die Höflichkeitsform *Sie,* doch ihre Stimme war alles andere als höflich. Sie drückte Wut und Verzweiflung aus und wurde immer schriller. «Wie Sie sehen, wimmelt es von allen möglichen Enten, Zwerg- und Haubentauchern; über zweihundert Vogelarten, achtzig davon als Brutvögel. Im Winter lassen sich Vögel aus dem Norden nieder.»

Simone lief es eiskalt über den Rücken. Die Worte Paradies und Häftli mussten in Judith etwas ausgelöst haben, von dem sie, Simone, offenbar keine Ahnung hatte. In Büren und im Häftli musste ein furchtbares Geheimnis verborgen sein.

Judith schluckte schwer und fuhr dann mit normaler, aber trauriger Stimme stockend weiter: «Für alle, die mich kennen – auch für dich – hat mein Leben in Büren angefangen. Es gab für mich jedoch schon ein Leben vor dem Städtchen Büren. Es gibt ein Leben mit einem Judenstern, ein Leben mit Wachttürmen hinter Stacheldraht mit patrouillierenden Soldaten und bissigen Hunden. Ich habe als Gymnasiastin nie davon erzählt, ich hätte sonst hysterisch zu schreien angefangen. Doch jetzt im Alter stehe ich zu meinen ersten Lebensjahren. Du bist die erste, der ich es erzähle – erzählen *muss.* Ich kann das, was ich erlebt habe, nicht einfach stillschweigend ins Grab nehmen.»

Zweiter Teil

Heil Hitler

Simone wusste, dass körperliche Berührungen in der dritten und bislang heftigsten Coronawelle gefährlich waren. Aber es gibt Dinge, die muss man einfach tun. Sie nahm die schluchzende Freundin in die Arme.

«Ich bin, soviel ich weiss, nicht infiziert und kann dich nicht anstecken», sagte diese, als sie sich wieder aus Simones Armen gelöst hatte. «Danke, das hat gutgetan.» Judith wischte sich mit dem Papiertaschentuch, das Simone ihr reichte, die Tränen aus dem Gesicht und schnäuzte sich.

Die Freundinnen gingen auf ihrem Weg zum Häftli der Aare entlang. Judith räusperte sich. Dann fing sie an zu erzählen. «Wie du weisst, war mein Vater Weinhändler in Büren und später in Bern. Das erste Weingeschäft hatte er allerdings im Elsass. Die erste Erinnerung meines Lebens führt mich nach Mulhouse. Ich stehe neben meiner Mutter in unserem Weingeschäft in Mulhouse. Ich liebte die Regale mit den vielen Flaschen, ich höre noch heute den sanft klirrenden Glockenklang, wenn Mutter die Flaschen abstaubte oder verschob. An den Einmarsch der Deutschen im Jahre 1939 erinnere ich mich nicht, aber ich weiss, dass mein Vater im Krieg war, in der französischen Armee, und Mama sich deshalb um das Geschäft kümmern musste. Ich vermisste meinen Papa, nachts weinte ich im Bett, weil er nicht da war. Ich stehe also neben meiner Mutter. Da wird die Tür aufgerissen, ein deutscher Soldat tritt ein, streckt die Hand aus und ruft: 'Heil Hitler!' – 'Bonjour Monsieur', grüsst Mutter unwillig, den Hitlergruss verweigernd. 'Fertig Bonjour', herrscht der Soldat sie an, 'das Elsass ist in den deutschen Schoss zurückgekehrt. Jetzt wird alles Französische ausgefegt. Mich nennt man nicht Monsieur, sondern Herr Hauptmann. Ich hätte gerne eine Flasche Weissburgunder.' – 'Tut mir leid, Herr Hauptmann, wir haben keinen Weissburgunder in unserem Sortiment', antwortet Mama. 'Und was ist das dort im Regal?' – 'Das ist, das ist – ich weiss nicht, wie das auf Deutsch heisst', sagt Mama ängstlich. Jetzt fängt der Hauptmann an zu lachen. 'Eigentlich mag ich Französisch ganz gern', sagt er freundlich. 'Weissburgunder ist Ihr Pinot Blanc auf dem Regal.' – 'Ach so', meint Mama erleichtert und schenkt dem Hauptmann sogar ein Lächeln. Als dieser den Wein eingepackt und bezahlt hat, verlässt er den Laden nicht sogleich. Er räuspert sich ein paarmal, sieht sich um, versichert sich, dass niemand ausser ihm das Geschäft betreten hat, und meint: 'Eigentlich dürfte ich Ihnen das nicht sagen, aber ich rate Ihnen: Entfernen Sie den Geschäftsnamen *Bons Vins Günzburger* von der Inschrift bei der Eingangstür. Schreiben Sie stattdessen *Deutsche Edelweine*. Sie ersparen sich Schwierigkeiten. In Deutschland hat man in jüdischen Geschäften die Scheiben eingeworfen.'»

«Du kannst dich an den Wortlaut dieses Erwachsenengesprächs erinnern? Du warst ja damals ein kleines Kind!», wunderte sich Simone.

«Ich kann dieses Gespräch nur darum so genau wiedergeben, weil Mutter es mir immer wieder erzählt hat. Mutter hat den Rat des Hauptmanns befolgt und eine neue Inschrift anbringen lassen. Aus diesem Grund sind wir den Nazis nicht schnell genug aufgefallen, sodass wir rechtzeitig fliehen konnten.»

Simone war erschüttert. «Erkundige dich, wo Judith gewohnt hat», forderte Simon sie auf.

«Gewohnt haben wir in einem kleinen Dorf ausserhalb von Mülhausen in Hirsingen, das heute wiederum Hirsingue heisst», beantwortete Judith die Frage. «Ich erinnere mich noch gut an die Dorfsynagoge.»

«Es gab im Elsass Dorfsynagogen?» fragte Simone verblüfft.

«Ja, gewiss. Im Elsass lebten zehntausende von Juden, die meisten in Dörfern. Viele Dörfer hatten drei religiöse Gebäude: eine katholische und eine reformierte Kirche sowie eine Synagoge.»

«Ich möchte gerne wissen, wie die Juden gesprochen haben und ob die deutschsprachigen Elsässer gewisse Ausdrücke übernommen haben», meldete sich die innere Stimme Simon. «Das ist doch kaum von Bedeutung», protestierte Simone. «Und was interessiert einen französischsprachigen Pasteur Perrin überhaupt der Einfluss der Juden auf die deutsche Sprache?» – «Vergiss nicht, Chouchou, ich habe Gotthelfbücher auf Französisch übersetzt. Mich interessieren Sprachen.»

«Ach so, du möchtest wissen, wie wir Elsässer Juden vor dem Einmarsch der Deutschen gesprochen haben», meinte Judith, welche Simons Frage aus Simones Mund vernommen hatte. «In der Schule und auf den Ämtern haben wir Französisch gesprochen. Die allgemeine Umgangssprache dagegen war Elsässisch, oft durchsetzt mit Französisch; dazu gehört das berühmte *güata Bonjour, d' Fröi*. Für dich klingt Elsässisch ähnlich wie Baseldeutsch, darum hast du gemeint, meine Eltern hätten Baseldeutsch gesprochen. Was sie in Wirklichkeit sprachen, war ein verberndeutschtes Elsässisch. Dank unserer freundschaftlichen Kontakte mit der nichtjüdischen Bevölkerung haben die Elsässer und auch die Deutschen hebräische und jiddische Ausdrücke übernommen, die noch heute in der deutschen Sprache gebräuchlich sind. *Tohuwabohu* für Durcheinander kennst du ja. Überall im deutschen Sprachraum wünschen sie einander fürs neue Jahr einen guten Rutsch, das ist unser *Rosch haSchana. Rosch* heisst Kopf, Kopf des Jahres, Neujahr. Wenn wir *a güeta Rosch* wünschten, haben die Nichtjuden *Rutsch* verstanden. Ähnlich ist es mit Hals- und Beinbruch: Erfolg haben heisst bei uns *Haslacha uWracha*, für die Deutschen klang das wie Hals- und Beinbruch. Die Liste der Wörter, die aus dem Umgang mit Juden stammen, ist lang. Die Beiz (Kneipe) kommt von *Beth* – Haus. Wohlhabende Leute nennt man betucht, nicht weil sie feine Kleider tragen, sondern weil sie ihr Vertrauen – *Batach* – aufs Geld setzen. Und blau macht oder ist man, weil *belo* nichts leisten heisst. Dufte – toll, wunderbar hat seinen Ursprung bei unserem *tov,* schön.

«Aha!», begeisterte sich Simone. «In der Matte in Bern lebten jüdische Händler. Auf Mattenenglisch ist ein schönes Mädchen *es tovs Modi.*

«Und das Modi wiederum ist das jiddische *Medele*», ergänzte Judith augenblicklich.

«Wir waren bei Heil Hitler», wechselte Simone das Thema, «beim Heil-Hitler-Hauptmann.»

«Ja, richtig!» erwiderte Judith sanft, und mit gewaltiger Donnerstimme fügte sie hinzu: «Pumm-rumm-rabebi-räta-pumm – Hurra!»

Simone runzelte die Stirn. «Was soll jetzt das sein?»

Judith wiederholte das Gerumpel. «Ein Bombenangriff der Alliierten. Wir sitzen im Keller der *deutschen Edelweine.* Die Mauern zittern und die Flaschen klirren!»

«Und das erzählst du mit Hurra, als ob ihr euch nicht gefürchtet hättet?», unterbrach Simone. «Ich kann mir nicht vorstellen, dass man in Todesgefahr Hurra ruft.»

«Oh, wir waren durchaus mit Angst und Schrecken erfüllt, es könnte uns treffen, aber auch mit Freude und Hoffnung. Das Hurra war die Hoffnung, die Alliierten, welche die Bomben abwarfen, würden den Krieg gewinnen und uns befreien. Ich höre immer noch den Satz einer Kundin, die bei uns im Keller Schutz gesucht hatte: *Croyez-moi, Fröi Günzburger, nous redeviendrons encore Français.*»

Auf der Aare landeten flügelschlagend, Wasser aufspritzend zwei Schwäne.

Judith fuhr mit ihrem Bericht fort. «Wir waren über Nacht Deutsche geworden. Dabei besassen wir zunächst nicht einmal deutsche Papiere. Das änderte, als Papa aus dem Krieg zurückkehrte. Papa hatte in einer Elsässer Einheit auf der Seite der Franzosen gekämpft. Sie waren von der deutschen Wehrmacht gefangen genommen worden. Die nichtjüdischen Elsässer wurden sofort für die Wehrmacht rekrutiert, die Juden wurden nach Hause geschickt. Und so stand Papa eines Tages da, abgemagert, doch unversehrt und gesund. Unsere Freude und Dankbarkeit waren grenzenlos. Allerdings musste er mit seiner Familie umgehend auf der *Municipalité de Mulhouse*, welche nun *Stadtverwaltung Mülhausen* hiess, deutsche Papiere entgegennehmen. Anders gesagt: Nun trugen wir den Judenstern.»

Das Wort *municipalité* weckte in Simones *Alter Ego* eine Erinnerung an eine Episode im Französischunterricht auf dem Gymnasium. Sie merkte, dass ihr innerer Gesprächspartner sich regte. «Bring mich nicht zum Lachen, Simon», flehte sie lautlos.

Judith war jedoch das Zucken um die Mundwinkel der Freundin nicht entgangen. «Findest du das Tragen des Judensterns lustig?», fragte sie empört.

«Nein, nein, überhaupt nicht, aber Erinnerungen spielen einem manchmal einen Streich selbst in tragischen Augenblicken. Ich lache wegen der *municipalité*. Mir ist unser Klassenwitzbold Dieter Gfeller in den Sinn gekommen. Wir hatten einen französischen Text gelesen, in welchem das Wort *municipal* vorkam ...»

«Oh ja.» Jetzt fing auch Judith zu lachen an. «Dieter hatte flüsternd gefragt: 'Wisst ihr, was *municipal* auf Deutsch heisst?' Er flüsterte aber so laut, dass selbst Monsieur Barrelet am Lehrerpult es hörte. '*Le muni si pâle* heisst der ach so bleiche Muni.'»

Die beiden Frauen schüttelten sich vor Lachen.

«Weisst du noch», prustete Simone, «selbst Monsieur Barrelet verzog damals sein sonst so todernstes Gesicht, obwohl er immer behauptete, kein Schweizerdeutsch zu verstehen.»

Judith wurde wieder ernst. «Heute sind wir fast so weit wie damals mit dem Judenstern. Noch kann man sich gegen Corona nicht impfen lassen, aber das ist nur eine Frage von wenigen Wochen, und schon gehen die Diskussionen los, wie man mit den Impfgegnern umgehen soll. Wer sich nicht impfen lassen will, soll im Fall von überfüllten Spitälern nicht mehr auf die Intensivstation gebracht werden. Die Fluggesellschaften teilen mit, dass sie Ungeimpfte nicht mitfliegen lassen. Gastronomen wünschen, dass Gäste vor dem Betreten eines Restaurants einen Impfausweis vorzeigen. Der Judenstern ist heute das Impfbüchlein.» Judith hatte sich mit jedem Wort in immer grösseren Zorn geredet. «Findest du das in Ordnung?», schrie sie.

Simone zuckte mit den Schultern. «Es gibt noch gar kein solches Gesetz. Aber vergiss nicht, ich bin Ärztin – wer nicht hören will, muss fühlen.»

Der Prophet

Die Impfgespräche waren nur ein kurzer Ausflug in die Gegenwart gewesen. Am Aareufer stand ein Fischer. Die Frauen grüssten ihn und wünschten ihm Petri Heil, dann setzte Judith ihren Bericht fort.

«Die Mennoniten, in der Reformationszeit Wiedertäufer genannt, waren wie wir Juden eine verfolgte Gruppe. Selbst zu Beginn des zwanzigsten Jahrhunderts gab es Täufergemeinden, welche sich aus Furcht vor einem Aufflammen der Verfolgungen weigerten, ein Mitgliederverzeichnis zu führen.»

«Entschuldige», unterbrach Simone ungeduldig, «wolltest du mir nicht von deiner Jugend im Elsass nach dem Einmarsch der Deutschen erzählen? Du hast den Judenstern getragen. Das ist unglaublich spannend und beängstigend, und jetzt hältst du mir in aller Seelenruhe einen Vortrag über die Wiedertäufer.»

«Ob du's glaubst oder nicht, Simone, meine persönliche Lebensgeschichte ist ohne die Geschichte der Mennoniten nicht zu verstehen.»

«Tut mir leid. Also, wie kommen die Wiedertäufer in dein Leben? Ich bin ganz Ohr.»

«Wiedertäufer ist eigentlich eine falsche Bezeichnung. Die Täufer, die sich selber nach einem ihrer Gründer, Simon Mennon, als Mennoniten bezeichnen, kennen keine Wiedertaufe. Sie taufen nur Erwachsene und sie verweigern den Kriegsdienst. Beides wurde ihnen zum Verhängnis. Die Erwachsenentaufe brachte sie in Verruf bei den Kirchen der Reformation und die Kriegsdienstverweigerung in Konflikt mit dem Staat. Aus dem Herrschaftsgebiet der Zürcher und Berner flohen die einen in den Jura, die andern ins Elsass.»

Simone nickte. «Aha, ins Elsass.»

«Selbst der katholische Bischof, der über weite Teile des Juras herrschte, gewährte ihnen Unterschlupf, allerdings nur auf den unwirtlichen Höhen, wo bislang noch kein Bauer daran gedacht hatte, Pflanzungen anzulegen. Die Täufer waren bescheiden, arbeitsam und äusserst einfallsreich. Ihnen gelang es – und gelingt es bis heute auf der ganzen Welt –, unter unmöglichen Bedingungen dem kargsten Boden einen Ertrag abzuringen. Zwischen den ins Elsass gezogenen Mennoniten und den Täufern auf den Jurahöhen blieben die Beziehungen immer eng.»

«Endlich wieder Elsass», dachte Simone, sagte aber nichts.

«Nach Katastrophen und Kriegen, durch welche das Elsass mehrmals viele Menschen verlor, zogen erneut Mennoniten aus dem Jura in die leer gewordenen Elsässer Höfe. Im zweiten Weltkrieg, als die jungen Elsässer zuerst in der französischen und später in der deutschen Armee kämpfen mussten, war man froh über tüchtige Landwirte aus der Schweiz, die als Ausländer nicht ins Militär eingezogen wurden. In Hirsingue, das nun Hirsingen hiess, hatte Abraham Geiser mit seiner grossen Familie die Pacht für den Steinenhof übernommen. Die Bezeichnung Steinenhof drückt aus, dass es ein Hof auf kargem Boden war. Dass der bärtige, noch recht junge, aber würdige Vater Geiser den alttestamentlichen Namen Abraham trug, war kein Zufall. Mennoniten fühlen sich mit dem Volk der Juden in besonderer Weise verbunden. Die Täufer verstehen sich aufgrund von Römer 11 als Menschen, die als von Gott weggebrochene Zweige aus der Völkerwelt auf den göttlichen Ölbaum Israel aufgepfropft werden, wie es der Apostel Paulus dort sagt. Mit Juden einen guten Umgang pflegen, ist für Mennoniten ein Segen.»

Das wusste Simone, weil ihre innere Stimme, der Theologe Simon Perrin, ihr dies ins Gedächtnis rief. Gelernt hatte sie es ursprünglich im Konfirmandenunterricht bei Pasteur Brütsch. Die theologischen Äusserungen des Apostels Paulus über Nichtjuden, die als abgefallene Zweige auf das Judentum aufgepfropft wurden, interessierten sie höchstens insofern, als sie offenbar die

Verbindung der Mennoniten zu den Juden begründeten. «Judith ist wirklich alt und umständlich geworden», dachte sie. «Im Alter wird man geschwätzig. Wenn das so weitergeht, wird meine Freundin noch auf Adam und Eva zurückgreifen oder auf die alttestamentlichen Propheten.» – «Wart's ab», kicherte Simon.

«Die alttestamentlichen Propheten habe ich mir stets wie Abraham Geiser vorgestellt», bekannte Judith Günzburger. «Wenige Tage nach der Rückkehr aus der Armee klopfte es in unserem Haus in Hirsingen an die Tür. Es war der Prophet mit einem halben Laib Käse in der Hand, Mein Vater und Abraham umarmten sich. Papa öffnete eine Flasche Gewürztraminer, Mama stellte ein selbstgebackenes Brot auf den Tisch. 'Prost, Armand, Prost, Huguette.' – 'Löchayim, Abraham.'»

«*Löchayim* ist hebräisch und heisst 'auf das Leben'», flüsterte Simon Simone zu. «Juden sagen beim Anstossen *Löchayim* – auf das Leben.»

«'Im Grunde genommen haben wir gar keine Zeit, gemütlich miteinander zu essen und zu trinken', erklärte der Prophet mit grossem Ernst. 'Wir Mennoniten sind eine verfolgte Gruppe, so wie ihr Juden ein verfolgtes Volk seid. Wir Täufer riechen es, wenn eine Verfolgung ausbricht. Ich weiss sogar Genaueres. In Vichy-Frankreich in Gurs bauen sie ein Konzentrationslager, in welches die französischen und elsässischen Juden deportiert werden. Und glaubt mir, es geht nicht nur um ein Einsperren. In meinen Gebeten habe ich die Klarheit gewonnen, dass die Juden vernichtet werden sollen. Die Nazis nennen das Endlösung.' Mama begann zu weinen. Papa meinte: 'Du hast Recht, Abraham. Wir sitzen wie Mäuse in der Falle und knabbern Käse und trinken Wein, während die Falle zuklappt. Was sollen wir tun?' – 'Ich nehme euch drei noch heute Nacht, wenn alles schläft, auf unseren Hof. Bruder Elieser Gerber ist Jurist. Er hat alles vorbereitet, dass die Weinhandlung in Mulhouse und das Haus in Hirsingue als Besitz von Bruder Samuel Gerber eingetragen wird, zurückdatiert auf das Jahr 1938, als wir hier noch französisch waren und das Grundbuch

Registre foncier hiess. Elieser wird auch dafür sorgen, dass die Verkaufssumme für Haus und Geschäft in die Schweiz überwiesen wird. Wir haben in unserer taufgesinnten Gemeinde Geld zusammengelegt, um euch für euer Hab und Gut auszahlen zu können. Euch selber bringen wir über die Grenze, aber nicht hier bei Mulhouse-Basel. Diese nahe Grenze wird ganz besonders streng überwacht. Im Kanton Waadt gibt es bessere Schlupflöcher, aber fragt mich nicht wo. Ich darf es nicht wissen. Wenn die Nazis mich verhören, kann ich den Ort nicht verraten. Ich bringe euch nur bis Montbéliard.'»

«Die Principauté de Montbéliard, das frühere Mömpelgard, bis 1723 eine württembergisch-protestantische Enklave in Frankreich, hat eine Tradition, sich um Glaubensflüchtlinge zu kümmern», erklärte Simon seiner Nachfahrin, welche wenig oder gar nichts über Montbéliard wusste. «Ist das nicht das unbedeutende, hübsche Jurastädtchen südwestlich von Belfort, in der Nähe der Schweizer Grenze, nicht weit von Porrentruy? Den deutschen Namen Mömpelgard habe ich nie gehört.» – «Der für dich mehr oder weniger unbekannte Ort ist wichtiger als du denkst, mein Kind. Guillaume Farel, Calvins Vorgänger in Genf, hat in Mömpelgard die Reformation eingeführt. Selbst als Montbéliard französisch geworden war, wurde dank eines Vertrags mit Württemberg der evangelische Glaube nicht angetastet. Die Stadt wurde auf diese Weise zu einem Zufluchtsort für verfolgte Hugenotten.» – «Danke, Grand-Papa», sagte Simone in Gedanken zu ihrer inneren Stimme.

«Wo bin ich stehengeblieben?», fragte Judith.

«In Montbéliard», half ihr die Freundin weiter. «Der Prophet will euch in die Zwischenstation Montbéliard bringen.»

«Ach ja, Montbéliard – du wirst es nicht kennen, Simone.»

«Doch, doch, in Mömpelgard mit den malerischen Fachwerkhäusern gibt es die riesengrosse protestantische Kirche

Sankt Martin, zu Ehren von Martin Luther so benannt, der am Sankt Martinstag 1483 getauft worden war.»

Judith Münzburger riss vor Staunen die Augen weit auf. «Was Du nicht alles weisst. – *Mazel tov*, gratuliere!»

«Du schmückst dich ganz schön mit fremden Federn», grinste Simon. «Ohne mich hättest du das nicht sagen können.»

Judith nahm den Faden der Erzählung wieder auf. «'In Montbéliard wird euch die CIMADE übernehmen', erklärte der Prophet. Damals hatte ich keine Ahnung, wer oder was die CIMADE ist», meine Judith.

Auch für Simone war CIMADE eine unbekannte Organisation. «Die CIMADE ist der von evangelischen Franzosen im zweiten Weltkrieg für Flüchtlinge gegründete *Service oecuménique d'entr'aide*, auch bekannt als *Comité inter-mouvements auprès des évacués*», schaltete Simon sich erneut ein.

Judith hatte nichts von Simones Selbstgespräch mitbekommen. Einmal mehr staunte sie über Simones Kenntnisse. «'Die CIMADE wird euch zu dem mir unbekannten Schlupfloch an der waadtländisch-französischen Grenze bringen', erklärte der Täufer-Prophet. 'Doch bis der Verkauf von Haus und Geschäft geregelt ist, seid ihr auf unserem einsamen Hof im *Machseh*.' – 'Abraham, du, ein Täufer, du hast das Wort *Machseh* gebraucht? Ja verstehst du denn Hebräisch?', fragte mein Vater verdutzt. Der Prophet schüttelte den Kopf. 'Nein, Armand, ich kenne aus dem Hebräischen bloss Amen, Halleluja, Hosianna und eben *Machseh*. Euer Rabbiner ist ja bereits seit Wochen verschwunden. Ihn und seine Familie mussten wir als erste retten. Er nannte unser Versteck *Machseh*.' Meinem Vater kamen die Tränen. '*Machsi umazudati erlohai, äftach bo*', sagte er bewegt. Der Prophet nickte: 'Diesen Satz habe ich beim Rabbi gehört. Das ist Psalm 91 Vers 2: *Herr, du bist meine Zuflucht, meine Feste, mein Gott, auf den ich vertraue.*' Täufer Abraham kam richtig in Fahrt und deklamierte weiter: '*Denn er errettet dich aus der Schlinge des Jägers, vor Tod und*

Verderben. Mit seinem Fittig bedeckt er dich, und unter seinen Flügeln findest du Zuflucht.' –Du schmunzelst, Simone», stellte Judith fest.

«Ich kenne diesen Psalm», erwiderte diese lachend, «allerdings auf Französisch: Papa hat uns gezwungen, ihn auswendig zu lernen. Das hat uns damals genervt, aber ich muss sagen, für die Flucht deiner Familie und den Schutz durch die Mennoniten sind das in der Tat Worte, welche Kraft und Zuversicht schenken. Es ist spannend, erzähl weiter.»

Das liess Judith sich nicht zweimal sagen. «Abraham Geiser stand auf. 'Packt das Nötigste zusammen. Ich bin um Mitternacht wieder bei euch, ohne Pferd und Wagen. Wir dürfen die Dorfbewohner nicht wecken. Wenn sie befragt werden, werden sie sagen, dass sie euch längere Zeit nicht mehr gesehen haben, und annehmen, dass ihr evakuiert worden seid, wie das die Nazis nennen.'»

«Was ist das Notwendigste, das man mitnimmt, wenn man fliehen muss?», fragte Judith und fügte sofort hinzu: «Bequeme Kleider, in denen man sich schnell fortbewegen kann, zieht man gleich zu Beginn an. Doch was packt man ein? Was lässt man zurück? Die Auswahl zu treffen war etwas vom Erschütterndsten auf der ganzen Flucht. Nimmt man Schmuck mit? Vielleicht kann man ihn unterwegs verkaufen. Darunter gab es Erbstücke von Grossmutter. Mama weinte. Sie brachte Fotos von Eltern und Geschwistern. Wenigstens zwei Fotos, flehte sie Papa an. Meinen Teddybären erlaubte Papa, obwohl er fand, ich sei eigentlich zu alt für so etwas.»

Auf dem Steinenhof

«Auf dem Steinenhof erwartete uns die grosse Familie des Propheten. Sarah, die liebevolle Hausmutter, sichtbar guter Hoffnung, war wie die vier Töchter mit einem schlichten einfarbigen Rock gekleidet, das geflochtene Haar als Kranz um den Kopf gewunden und mit einem weissen Häubchen bedeckt. Wie in einem alten Film. Die Söhne trugen dunkle Hosen mit Hosenträgern, die Gesichter mit Bart umrahmt. 'Wir haben noch vier weitere Kinder', erklärte Sarah, 'sie sind noch sehr jung und schlafen bereits.' Man setzte sich an einen langen Tisch und betete. Zum ersten Mal hörte ich Menschen frei beten, was ihnen gerade durch den Kopf und durch das Herz ging. Für mich war das ungewohnt, ich kannte nur traditionelle Gebete, die meisten auf Hebräisch. Ein solches betete auch mein Papa. Die Täufer freuten sich, dass er mitbetete. Dass die Täufer in ihren Gebeten mit Jesus sprachen, überraschte mich nicht. Ich war ja mit meinen Eltern auch schon in evangelischen und katholischen Gottesdiensten gewesen, in denen der Priester oder auch der Pastor Jesus anredeten, aber eher auf liturgische Art, aus einem Buch, nicht so frei wie die Täufer. Die Mennoniten beteten für unseren Schutz und legten dabei die Hände auf unsere Köpfe. Nach dem Gebet führten sie uns in unseren Schlafraum. Es war alles sehr geheimnisvoll. Vater Abraham kroch unter den langen Tisch, schob einen Teppich weg und öffnete einen Klappdeckel. Von dort ging es hinab in einen Geheimraum mit mehreren Matratzen. 'Hier haben schon mehrere Juden übernachtet', erklärte er. 'Tagsüber dürft ihr euch um den Hof herum frei bewegen. Zu uns herauf kommt keiner, ohne dass wir ihn nicht rechtzeitig sähen, sodass euch Zeit genug bleibt, unter den Tisch ins Matratzenlager zu fliehen.' Ich fand das Versteck unter dem Tisch recht lustig», gestand Judith. «Am nächsten Morgen wurden wir dann geschult.»

«Geschult?», fragte Simone verblüfft.

«Jawohl, geschult. Wir zogen Mennonitenkleider an und übten, fromm zu reden. 'Wenn wir durch eine deutsche Kontrolle müssen, ist es wichtig, dass ihr die Soldaten fromm begrüsst', lehrte uns Vater Abraham. 'Dann wollen sie uns möglichst schnell loswerden. Zudem habe ich auch immer religiöse Traktate dabei, die ich unter die Soldaten verteile.' Meinem Papa nahm der Prophet die Kippa vom Kopf und setzte ihm einen Strohhut auf. 'So, Armand, jetzt siehst du aus wie ein Mennonit. Du bist ein tüchtiger eingewanderter Schweizer Bauer, um dessen Arbeit die Deutschen in dieser Kriegszeit noch so froh sind.' – 'Guten Tag', übte mein Vater, 'der Herr segne euch.' – 'Nichts da guten Tag', korrigierte Abraham, '*Grüezi mitenand,* der Herr sei mit euch. Zwar sind wir Juratäufer Berner und sagen Grüessech, aber *Grüezi* kennen die Deutschen besser. Und achtet darauf: Bei 'der Herr sei mit euch' müsst ihr das ch sehr guttural aussprechen: 'Der Herr sei mit euch-ch.'

Es war wie ein Spiel, es machte mir Spass, aber es war eben kein Spiel. Ich war noch ein Kind, doch der Ernst der Lage war mir durchaus bewusst. Ich übte eifrig die frommen Lieder, die wir zu singen gedachten, wenn wir uns unterwegs nach Montbéliard einem Kontrollposten nähern würden. Ich sang bereits wie ein protestantisches Sonntagschulkind: *E guete Hirt, e guete Hirt verlaht sis Schäfli nie* oder: *Gott ist die Liebe, Gott ist die Liebe, Gott ist die Liebe, er liebt auch mich. Drum sag ich's noch einmal: Gott ist die Liebe, Gott ist die Liebe, er liebt auch mich.* Zusammen mit meinen Eltern und Vater Abraham stellten wir uns vor, wie wir uns mit dem Fuhrwerk, beladen mit Holz und einigen Kisten Wein, einem Kontrollposten näherten und dazu sängen:

> Welch ein Freund ist unser Jesus
>
> Er vergibt uns unsre Sünd
>
> Er hat uns mit Gott versöhnet
>
> und vertritt uns im Gebet

Wir übten auch Lieder, welche selbst die Soldaten kennen würden: *Ein' feste Burg ist unser Gott, ein' gute Wehr und Waffen.* Mama schlug ein Ave Maria vor. 'O jüdische Unschuld', wehrte Vater Abraham belustigt ab, 'da würden die Deutschen sofort merken, dass ihr keine Täufer seid. Mennoniten würden so etwas nie singen.' Der Prophet stimmte *Grosser Gott wir loben dich* an. 'Das kennen alle Christen.'

Abraham Geiser hatte eine wunderbare Stimme. Sein Gesang berührte die Herzen. Abends sang immer die ganze Familie – vierstimmig, alles auswendig. Es war eindrücklich. Manchmal sangen sie ganze Balladen aus der Täufer-Verfolgungsgeschichte. Die Melodie eines dramatischen Liedes klingt mir bis heute in den Ohren. Es war eine gesungene Moritat von einem Hans Haslibacher aus Sumiswald, der trotz Verwarnungen nicht von seinem Täuferglauben liess. Er wurde in Bern öffentlich enthauptet. Doch Gott setzte bei der Hinrichtung ein Zeichen. Familie Geiser sang davon, dass der abgeschlagene Kopf in Haslibachers Hut zurücksprang und zum Entsetzen des Henkers und der Zuschauer zu predigen begann. Die Geisersöhne haben dieses Lied immer wieder gesungen, weil sie lachen mussten, wenn ich bei der Enthauptung von Hans meinen Kopf ängstlich in Mamas Schoss barg, ihn dann aber freudig wieder hob und sogar mitsang, wenn der Kopf predigte. Die Ballade hat sicher etwa fünfzig Strophen. An einige erinnere ich mich sogar:

Da er nun auf die Richtstatt kam,
seinen Hut vom Kopf abnahm
und legt ihn für die Leut
Euch bitt ich Meister Lorenz gut:
Lasst hier mir liegen meinen Hut

Hierauf fiel er auf seine Kneu
Ein Vaterunser oder zweu

Er da gebetet hat
Mein Sach ist jetzt gesetzt zu Gott
Thut jetzt zu eurem Urteil statt.

Darnach man ihm sein Haupt abschlug
Da sprang es wieder in sein Hut
Die Zeichen hat man g'sehn
Die Sonne ward wie rothes Blut
Der Stadel-Brunn thät schwitzen Blut.

Der Henker der sprach mit Unmuth:
Heut hab ich g'richt unschuldig Blut
Da sprach ein alter Herr:
Der Täufer Mund hat g'lacht im Hut
Das bedeutet Gottes Straff und Ruth.

«Hast du auch Gemeindegottesdienste der Mennoniten erlebt?», fragte Simone.

Judith nickte. «Damals bloss Hausgottesdienste; später sind wir aus Dankbarkeit ein paarmal in einen Gemeindegottesdienst gegangen.»

«Und tragen sie immer noch so komische Klamotten?», erkundigte sich Simone.

«In der Schweiz nicht mehr, aber in anderen Ländern durchaus noch.»

«Und wird ihr Gesang von Orgelmusik begleitet?»

«Lass mich nachdenken. Ich erinnere mich vor allem an den schönen vierstimmigen Gesang – aber Orgel ...»

Nun kam wieder eine geheime Stimme zum Zug – für einmal nicht bei Simone, sondern bei Judith. Natürlich nicht mit dem Namen

Simon, zu Judith passend musste es die Stimme *Jehudas* sein. Judith ist hebräisch und bedeutet: Frau aus Juda. Die männliche Form desselben Namens heisst Jehuda: Mann aus Juda. Simone als Psychologin würde diese innere Stimme *Animus* nennen, den männlichen Anteil der Seele; beim Mann die weibliche Komponente entsprechend *Anima*. Für Judith jedoch war diese geheime Stimme der Gottesfunke, der in jedem Menschen wohnt.

«Jetzt kommt es mir wieder in den Sinn», rief Judith aus. «Nach unserem Wegzug von Büren wohnten wir in Gümligen. Die reformierte Kirchgemeinde Muri/Gümligen hat 2002 ihre alte kleine Orgel der Mennonitengemeinde in La Chaux d'Abel geschenkt. Ja, die Mennoniten singen zu Orgelmusik. Aber wir wollen jetzt nicht von Gottesdiensten reden».

«Schade,» murmelte Simones innere Stimme enttäuscht, «Gottesdienste interessieren mich.»

Nach dem Intermezzo mit ihrer inneren Stimme nahm Judith den Faden ihrer Erzählung wieder auf. «Wir lernten auf dem Steinenhof Bruder Elieser kennen. Elieser Gerber war kein leiblicher Bruder des Propheten, aber die Mennoniten nennen einander Bruder und Schwester. Elieser brachte allerlei Papiere mit, welche unterschrieben werden mussten. Unser Haus und Geschäft gehörten jetzt Abrahams leiblichem Bruder Samuel. Seine Frau – ebenfalls eine Juristin – empfing in unserer Weinhandlung bereits Kunden. Die Geldüberweisung in die Schweiz war kein Problem.»

«Die neutrale Schweiz war für Hitler ein lebenswichtiger Finanzplatz», meldete Simon sich wieder. «Darum hat er die Schweiz nicht angegriffen.»

«Vom Finanzplatz Schweiz konnten nun auch wir Juden profitieren. Finanzielle Fragen interessierten mich als Kind eigentlich nicht. Es waren die Arbeit und das Leben auf dem Hof, die mich faszinierten. Da waren zwei Männer, die eine ganz andere Sprache redeten, polnische Kriegsgefangene, die auf der Seite der Franzosen gekämpft hatten und nun bei Familie Geiser als Knechte mitarbeiten mussten. Die Anwesenheit von Kamil und Lech bedeutete für uns eine gewisse Gefahr. Vater Abraham warnte uns, manchmal würden deutsche Soldaten auftauchen, um sich zu vergewissern, dass die Gefangenen noch da waren. Kamil und Lech waren liebe Männer, die uns Fotos von ihren Frauen und Kindern zeigten. Die Polen nahmen an den Abendgebeten von Familie Geiser auch teil, stimmten dann allerdings das Ave Maria an. Geisers hörten ehrfürchtig und liebevoll zu, sangen bei diesem Lied jedoch nie mit. Mit den Polen konnte ich nicht reden, ich verstand ihre Sprache nicht. Zudem waren sowohl ihre als auch meine Französischkenntnisse gering. Aber man kann auch ohne Worte miteinander verbunden sein. Kamil unternahm vieles mit mir. Er führte mich in den Stall zu den Tieren, da war ein riesengrosses Mutterschwein mit fünf allerliebsten Ferkelchen. Als jüdisches Kind hatte ich Schweine vor allem in Form von Sparschweinen gekannt, in die man Münzen steckte. Auf den Weiden tollte ich mit den Kälbern herum und beim Bach hinter dem Haus baute mir Kamil eine kleine Mühle. Er weinte oft und küsste das Foto seiner Kinder und manchmal auch mich. Mein Papa, der ein leidenschaftlicher Reiter war, machte sich bei den Pferden nützlich, Mama half Sarah in der Küche. Zum Steinenhof gehörte auch ein grosser Wald. Im Hof lagerten Stämme von gefällten Bäumen, welche in die Sägerei nach Montbéliard geliefert werden sollten, zusammen mit einigen Kisten Wein aus unserem Geschäft – unserem ehemaligen Geschäft. Die Fortsetzung unserer Flucht nahm Gestalt an.»

Der fliegende Edelstein

Ins Gespräch vertieft hatten die alten Schulfreundinnen die Häuser von Büren und die umliegenden Bauernhöfe längst hinter sich gelassen. Sie erreichten das Naturschutzgebiet Häftli. Simone zeigte auf eine Sitzbank an einem schwarzblauen Moorteich – eigentlich fast ein kleiner See –, in welchem kleine Fische fröhlich herumflitzten. Das Gewässer war umsäumt von Erlen. Ein lieblicher Ort. «Ich unterbreche dich ungern, aber das wäre ein hübsches Plätzchen für eine kleine Stärkung.»

«Mir knurrt tatsächlich auch der Magen», gestand Judith.

Die Freundinnen setzten sich. Von dem bedrückenden Novembernebel war für einmal keine Spur zu sehen. Kein Lüftchen regte sich, an der Sonne war es angenehm warm. Simone packte aus dem Rucksack die Käsebrote aus. Aus der Thermosflasche goss sie den immer noch heissen Lindenblüten-Zitronen-Tee in zwei Becher.

«Herrlich», freute sich Judith und murmelte etwas Unverständliches.

«Was hast du gesagt?»

«Oh, ich wollte nicht aufdringlich sein. Ich habe ein kurzes Gebet gesprochen.» Laut wiederholte sie: *«Baruch attah adonai elohenu, mäläch ha-olam, ha-mozi lächäm min ha-aräz.»*

Das hebräische Gebet versetzte Simone, Brot und Käse in der Hand, in eine andere Welt. Wie konnte Judith gläubige Jüdin bleiben nach allem, was sie durchgemacht hatte? Ein allmächtiger Gott dürfte Hungersnöte, Verfolgungen und Gewalttaten nicht zulassen. Also gab es diesen Gott gar nicht. «Du möchtest wohl, dass ich aus Steinen Brot mache», hörte Simone sich denken. Aber war das wirklich sie, Simone, die das dachte? War es nicht schon wieder die Stimme aus der Vergangenheit, der Urahn Simon – oder noch einmal eine ganz andere Stimme? Wie, wenn das Gott wäre oder Jesus? Energisch schüttelte sie den Kopf. Gott und Jesus auf gar keinen Fall! Nach Jung gab es so etwas wie ein kollektives Gedächtnis. «Du hättest gerne grosse Wunder: vom Dach des Tempels herabspringen, ohne dass mir etwas passieren würde.» Aus dem Konfirmandenunterricht bei Pasteur Brütsch erinnerte sie sich an die Geschichte von der Versuchung Jesu in der Wüste. Das also war es – Charly Brütsch. Sie hatte diesen Pfarrer gerngehabt, auch wenn sie jetzt seinen Glauben nicht mehr teilte. «Du möchtest, dass mir alles untertan wäre.» Aber warum sprach ihr damaliger Pfarrer in ihrem Herzen in der göttlichen Ich-Form? In der Coronazeit waren viele dem Wahnsinn nahe; sie selber offenbar auch. «Alles Böse müsste ich mit Gewalt ausrotten – aber eben mit Gewalt, nicht mit Liebe», erklärte Pasteur Brütsch weiter, oder Simon, oder Jesus. «Böses mit Gewalt ausrotten, das war in der Tat meine grosse Versuchung. Es ist auch deine Versuchung. Ein Gott, der auf Gewalt verzichtet, ein Gott der Liebe, ist nicht dein Gott.» Simone atmete tief. Da war doch diese uralte Geschichte mit der Brotvermehrung durch Teilen, der Knabe mit den fünf Broten und zwei Fischen, das Geheimnis des Teilens. Schon wieder ein Bibeltext! Hörte das heute nie auf? Dumpfe Hammerschläge dröhnten. Wurde da jemand gekreuzigt? Und rief da nicht jemand ganz laut? Was war das für ein Ruf? Wer rief da?

Den Ruf hatte Simone sich nicht eingebildet. Die Stimme schien von weit her zu kommen. «Hallo, altes Mädchen, wo bist du? Du vergisst sogar zu essen. Pass auf, das Käsebrot fällt dir aus der Hand.»

Simone blickte in das belustigte Gesicht ihrer Freundin. «Oh, entschuldige, dein hebräisches Gebet hat mich ...»

«Mein Gebet? Auf Deutsch heisst mein Gebet: Gesegnet seist du, unser Gott, König in Ewigkeit, der du Brot aus der Erde hervorgehen lässt.»

«Betest du immer vor dem Essen?», fragte Simone.

«Nicht nur vor dem Essen. Oft merke ich nicht einmal, dass ich bete. Beten ist für mich wie atmen. Ich atme meistens ja auch nicht bewusst. Ob atmen oder beten, es ist der Geist Gottes, der das bewirkt, oder in deiner Sprache ausgedrückt: In mir atmet und betet das Leben. So fremd sollte dir mein Beten eigentlich nicht sein, liebe Simone. Heute hast du schon mehrmals laut gesprochen – und das nicht mit mir. Und soeben deine geistige Abwesenheit! Zwischen dir und mir lagen Welten.»

Simone fühlte sich erwischt. Als psychologisch einfühlsame Ärztin war es für sie jedes Mal ein Erfolgserlebnis gewesen, wenn sie einer Patientin hatte sagen können: «So, jetzt habe ich Sie.» Diesmal war es umgekehrt, jetzt war sie diejenige, deren seelischer Untergrund durchschaut worden war. Was sollte sie für eine Antwort geben? Versank sie nicht gerade in einen weiteren Traum, ähnlich dem Traum mit dem Aareparadies? Auf einem über dem Wasser hängenden Erlenast funkelte in der Sonne ein Edelstein: oben blau wie der Himmel, die Brust orange, die Kehle weiss, die Füsse rot. Der exotisch aussehende Vogel liess ein leises Zitzit ertönen. Doch es war kein Traum. Zum ersten Mal in ihrem langen Leben erblickte Simone einen Eisvogel – ihr Retter in der Not. Nun brauchte sie Judith nicht Red' und Antwort zu stehen. Aufgeregt zeigte sie auf das bunte Wesen, gleichzeitig mit dem Finger auf den Lippen Stille gebietend. «Eisvögel sind sehr scheu.»

Gebannt blickten die Freundinnen auf den Edelstein auf dem Erlenzweig. Erneut ertönte ein leises Zitzit. In Sekundenschnelle stiess der schöne Vogel ins Wasser und sass schon wieder auf seinem Zweig, ein silberglänzendes Fischlein im Schnabel. Geschickt drehte er das zappelnde Ding in die richtige Richtung, kaute und schluckte. Ein dankbares Zitzit, ein erneuter Tauchgang mit einer weiteren Beute und weg war der fliegende Edelstein. Die Freundinnen seufzten beglückt auf. «So etwas Wunderschönes sieht man nicht jeden Tag.»

Simone lächelte erleichtert. Sie brauchte sich nicht in die Seele blicken zu lassen. Sie erzählte Judith noch so gerne, was sie über Eisvögel wusste. «Eisvögel sind gerade wegen ihrer Farbenpracht geradezu unsichtbar: blauglänzendes Wasser, blauer Vogel, die perfekte Tarnung.»

«Gott hat es gut eingerichtet», fand Judith.

Wollte sie mit dieser Bemerkung nun doch in den Seelenkeller der Freundin hinabsteigen? Nein, sie leitete mit diesem Satz über zur Fortsetzung ihrer Lebensgeschichte.

Das Hauptmann-Wunder

Judith streckte und reckte sich wonniglich auf der Sitzbank am Moorsee. «Diese spätherbstliche Sonnenwärme tut unseren alten Knochen gut. Und endlich frei atmen zu können ohne Maske, ist ebenfalls eine Wohltat.» Sie genehmigte sich einen weiteren Schluck von dem herrlichen Lindenblüten-Zitronen-Tee, wischte sich einige Krümelchen des Käsebrotes vom Mund, dann nahm sie die Erzählung wieder auf. Simone hörte gebannt zu.

«Es war noch finster, als das von zwei Pferden gezogene, mit Baumstämmen und Weinkisten beladene Fuhrwerk durch Hirsingen rumpelte. Die Dorfbewohner sollten die fünf 'Mennoniten' auf dem Wagen möglichst nicht sehen. Abraham Geiser würden sie erkannt haben, bei dem jüngeren Mennonitenehepaar mit Tochter Judith würden sie vielleicht gedacht haben: 'Aber das sind doch ...' Trotz der Dunkelheit stellten wir fest, dass die Synagoge noch unversehrt war. Das Brummen der Flugzeuge und der Donner der Kanonen, welche die Nachtruhe gestört hatten, waren verstummt. Das laute Frühlingskonzert der Amseln übertönte das Rattern des Fuhrwerks. Die Pferde zogen mit voller Kraft, wir kamen gut voran. Der Tag brach an. Auf den Feldern arbeiteten Frauen, auch einige alte Männer mit gebeugten Rücken. Die jungen Arbeiter waren entweder eingewanderte Schweizer oder polnische Kriegsgefangene. Sie winkten uns Reisenden fröhlich zu. Mennoniten gehörten trotz ihres exotischen Aussehens zum Alltagsbild. Die Amseln waren mittlerweile verstummt, am blauen Himmel trillerte eine Lerche ihr Jubellied. Fast hätten wir vergessen können, dass wir uns mitten im Krieg befanden und auf der Flucht waren. An der Larg, die vor Monaten noch La Largue geheissen hatte, machten wir Rast. Ich sehe die Larg deutlich vor mir», erzählte Judith. «Sie ist ein natürlicher Fluss, der sich unverbaut durch die Landschaft schlängelt. Ich zog die Schuhe aus und hüpfte von Steininsel zu Steininsel. Papa und der Prophet tränkten die Pferde. Auf der Strasse donnerte eine Militärkolonne vorbei, die einzigen Fahrzeuge, die uns auf unserer Flucht bislang begegnet waren. Nur wenige Strassen waren damals geteert, so zogen die Lastwagen eine gewaltige Staubwolke hinter sich her. Wir waren auffällig genug, um geradezu unauffällig zu sein. Die Soldaten auf den Militärfahrzeugen grinsten, als sie uns sahen. Niemals würden sie in uns hinterwälderischen Christen flüchtende Juden vermutet haben. Nachdem die Pferde getränkt und gefüttert waren und der Staub von der Militärkolonne sich verzogen hatte, setzten wir unsere Fluchtreise fort. In der Ferne waren bereits die Häuser von Montbéliard zu sehen, als der Prophet unruhig wurde. 'Jetzt müssen wir singen', ordnete er an. Wir näherten uns einem Kontrollposten. Es waren drei gelangweilte Soldaten, die nichts zu tun hatten und sich auf eine Abwechslung freuten. *Gott ist die Liebe,* sangen wir aus voller Kehle. Unaufgefordert hielten wir an. 'Grüezi, ihr jungen Männer', rief mein Papa, 'der Herr sei mit euch-ch.' Sein Ch-ch klang schweizerisch echt.

'Halleluja, fromme Schweizer', entgegnete einer der Angesprochenen, 'dürfen wir die Ausweise sehen?'

'Nicht nötig', ging der Chef der Gruppe dazwischen. Er lächelte uns an: 'Wir kennen uns.'

Jetzt trat Mutter in Aktion. 'Oh, Herr Hauptmann, Sie sind es. Welch eine Freude!'

Es war der Heil-Hitler-Mann aus unserem Weinladen.

'Was, du kennst diese frommen Brüder und Schwestern!', staunten seine Kollegen.

'Ja freilich, sie haben ein Weingeschäft in Mülhausen. Ihr habt es sicher auch schon gesehen. An der Eingangstüre steht: Deutsche Edelweine.'

Die beiden andern Soldaten schüttelten sich vor Lachen. 'Diese Betschwester in ihrer frommen Tracht steht in einem Weinladen und verkauft sündige Getränke!'

Mama öffnete eine Kiste. 'Unser Herr hat Wasser in Wein verwandelt', erklärte sie und streckte den Herren eine Flasche Pinot Blanc entgegen.

'Tatsächlich!' Die beiden rissen ungläubig die Augen weit auf.

'Ihr Lieblingswein, Herr Hauptmann', bot Mama freundlich an, 'ein Weissburgunder. Er trägt immer noch den französischen Namen, aber Sie haben mir die deutsche Bezeichnung beigebracht. Bitte greifen Sie zu. Der Herr hat uns letztes Jahr mit einer reichen Traubenernte beschenkt.' Mama war die perfekte Mennonitin.

'Wir haben keinen Zapfenzieher', bedauerte der erste Soldat.

'Kein Problem', ergriff Papa das Wort, 'als gute Schweizer haben wir ein Schweizer Armeemesser mit Zapfenzieher dabei.' Der Korken knallte. 'Löch...' Beinahe hätte Papa *Löchayim* gesagt. 'Zum Wohl, Brüder. Noch etwas Käse und Brot gefällig?'

Der Prophet verteilte unterdessen Traktate mit dem Titel *Der gute Hirte*.

Der Hauptmann blickte uns liebevoll an. Er wusste, was wir spielten. Er spielte mit. Er streckte die Hand aus und rief etwas, das sich wie Heil Hitler anhörte und gab uns den Weg frei. Ich bin fast sicher, dass der Hauptmann 'drei Liter' gerufen hat», schloss Judith diesen Teil ihres Berichts, «doch für seine Kollegen sollte es wie Heil Hitler klingen, sonst würde er uns und sich selber gefährdet haben.»

«Bei deiner Erzählung habe ich richtig Herzklopfen bekommen», gestand Simone. «Ihr hattet ein Riesenglück, dass dieser Hauptmann Dienst hatte.»

«Gott war auf unserer Seite», meinte Judith schlicht. «Der Hauptmann war ein von Gott gesandter Engel.»

«Gut, dass Judith Gott dankt», meinte Simon. «Merk dir das, meine Tochter.» – «Du hast ja recht, Grand-Papa», murmelte Simone, «Halleluja.»

«Hast du Halleluja gesagt?», fragte Judith verwundert.

«Ja, es ist mir so herausgerutscht», meinte die Freundin verlegen. «Das Halleluja war sozusagen meine Einfühlung in euer Mennonitenspiel.»

Das Fluchthotel

«In Montbéliard dirigierte Vater Abraham Pferd und Wagen zu der grossen Sägerei *André Rochat et fils,* wohin er regelmässig Holz lieferte, selbst wenn er keine Flüchtlinge dabeihatte. Monsieur Rochat begrüsste uns herzlich. Seine Frau Antoinette zeigte uns die Zimmer, wo wir die Nacht verbringen würden. Die Kisten mit unserem Wein wurden in einen Holzvergaser-Lieferwagen umgeladen, angeschrieben mit *Vins et Bières.* Ich verstand gerade genügend Französisch, um zu begreifen, dass wir am nächsten Tag in La Cure, einem Dorf an der französisch-schweizerischen Grenze, ein Hotel-Restaurant mit Wein und Bier beliefern würden. Wir erhielten die Mitteilung, dass unsere Fahrerin eine Frau von der protestantischen Hilfsorganisation CIMADE sein werde. Ich war noch nie in einem Automobil gefahren. Nicht viele Menschen besassen damals ein Auto, und Private durften in den Kriegsjahren mit Benzinautos überhaupt nicht fahren.»

Judith blickte Simone fragend an. «Du hast vielleicht noch gar nie ein Holzvergaser-Auto gesehen, Simone?»

«Doch, doch, liebe Judith, auch in der Schweiz verkehrten Autos, die auf Holzvergaser umgebaut worden waren. Aber man sah nicht jeden Tag ein solches Auto. Als Kinder konnten wir auf den verkehrsfreien Hauptstrassen noch ungestört Ball spielen.»

«Am zweiten Tag unserer Flucht waren wir nicht mehr Mennoniten, sondern französische Getränkehändler. Der Abschied von Abraham fiel uns schwer, die gemeinsam bestandene Gefahr hatte uns innig verbunden. Wir haben einander jedoch nicht aus den Augen verloren, sondern später in der Schweiz regelmässig besucht. Nach Kriegsende, als genügend Elsässer die Bauernhöfe bewirtschaften konnten, kehrte Familie Geiser wieder in den Berner Jura zurück. – Régine, die Frau von der CIMADE, war fast so etwas wie eine Mechanikerin. Sie wusste genau, wie ein Holzvergaser funktioniert. Papa half ihr beim Auffüllen des Heizbehälters mit klein gespaltenem Holz, dann wurde eingefeuert. Aus dem erhitzten Brennmaterial entweicht das Gas, welches im Brennraum in Vermischung mit Sauerstoff in Energie umgewandelt wird und so den Motor antreibt. Neben den Kisten mit dem Wein und den Harassen und Fässern mit Bier waren Säcke mit Holzscheitchen aufgestapelt – unser 'Benzinvorrat.'»

«Drei Kilo Holz entsprechen einem Liter Benzin», flüsterte Simon. Die Nachfahrin sprach es ihm laut nach.

«Ach so, das weisst du», sagte Judith erstaunt. Was doch ihre Freundin nicht alles wusste.

«Ich hatte es längst vergessen», meinte diese, «es ist mir soeben wieder in den Sinn gekommen. Mein Grand-Papa fuhr eine solche Kiste.»

Judith nahm ihren Bericht wieder auf. «Nach damaligen Begriffen fuhr ein Holzvergaser sehr schnell, jedenfalls um einiges schneller als ein Pferdefuhrwerk, doch kein Vergleich zum Tempo heutiger Autos. 'Der Transport von alkoholischen Getränken verschafft uns Vorteile', erklärte die CIMADE-Frau. 'Deutsche Soldaten sind auch nur Menschen; die jungen Männer versuchen das Grauen des Krieges im Alkohol zu ersäufen. Wenn weder Bier noch Wein erhältlich ist, trinken sie Schnaps oder sogar Terpentinöl. Es hat Todesfälle gegeben. Hitler fördert die Produktion von Bier durch Zwangsarbeiterinnen und Zwangsarbeiter auf den Hopfen- und Getreidefeldern und in den Mälzereien. Die Zwangsarbeit gibt dem Bier seinen bitteren Geschmack', meinte sie grimmig. 'Mit dem Lieferwagen haben wir die Chance, dass man uns an einem Kontrollposten einfach durchwinkt. Bier und Wein werden uns sogar ermöglichen, vor den Augen deutscher Soldaten durch unser Schlupfloch zu verschwinden. Es ist unsere List, durch besondere Auffälligkeit unauffällig zu sein.' Meine Eltern nickten. 'Dieser Trick hat sich bereits gestern bewährt, als wir auffällige Mennoniten waren.' – 'Es war Gott, der uns beschützt hat', protestierte ich, 'durch das Hauptmann-Wunder.' – 'Das hat er, mein Kind', beruhigte mich Mama. Wir mussten Régine das Hauptmann-Wunder erzählen.»

Simone fühlte sich bei der Wundererzählung nicht wohl. Einige ihrer Patienten waren gläubige Christen gewesen. Als Ärztin hatte sie sich grosse Mühe gegeben und dank ihres psychologischen Einfühlungsvermögens eine Diagnose gestellt, auf welche andere Ärzte nicht gekommen waren, und dann hatten die Patientinnen von Wunder gesprochen. Sie hatte sich jedes Mal beleidigt gefühlt, beleidigt von Gott, obwohl es Gott wahrscheinlich gar nicht gab. Oder vielleicht doch? Sie seufzte.

Judith blickte sie an. «Ist dir nicht gut, meine Liebe?»

«Dein Bericht erschüttert mich, ich bin schliesslich nicht aus Stein. Und so lange hast du, meine beste Freundin, das alles verschwiegen und in dich hineingefressen!»

«Aber jetzt bist du die erste, der ich es erzähle. Ach, Simone, jetzt kommen dir sogar die Tränen. Wenn du nicht eine coronabewusste Ärztin wärst, würde ich dich jetzt in die Arme nehmen.»

Zum zweiten Mal an diesem Tag nahmen sich die beiden Frauen in die Arme. Urahn Simon hatte nichts gegen die Umarmung einzuwenden. «Man muss über seinen Ärzte- oder auch seinen Agnostikerschatten springen können», lobte er.

«Wir wollen uns lieber nicht mehr setzen», entschied Simone. «So warm ist die Sonne nun doch wieder nicht. Mich friert es allmählich an den Rücken und an den Allerwertesten. – Noch einen Schluck Tee?»

«Ja, gerne. Der Tee tut gut, dank der Thermosflasche ist er sogar immer noch warm.»

Die Frauen setzten sich in Bewegung und Judith erzählte weiter: «Régine erteilte uns eine Geschichtslektion über die Entstehung des Schlupflochs. Als gläubige Protestantin setzte sie mit der Reformationszeit ein: 'Das Vallée des Dappes gehört zum

Quellgebiet der Orbe, welche ins Schweizer Vallée de Joux hinabfliesst. Als Waadtländer Gebiet wurde das Vallée des Dappes reformiert. Heute gehört die eine Seite des Tals zu Frankreich, aber auch auf dieser französischen Talseite gibt es immer noch zahlreiche Protestanten. Napoleon Bonaparte annektierte das Tal, um eine Militärstrasse nach Savoyen zu bauen. 1815 sprach der Wiener Kongress das Tal wieder der Schweiz zu, Frankreich beanspruchte jedoch die Talseite mit der Militärstrasse weiterhin als sein Gebiet. Das führte zu heftigen Auseinandersetzungen zwischen beiden Ländern, welche schliesslich durch einen Gebietsabtausch bereinigt wurden. Während der Verhandlungen stellte der damals 25-jährige Franzose Ponthus fest, dass die neue Grenze mitten durch ein unbebautes Stück Land verlief, das ihm gehörte. Ponthus verdiente seinen Lebensunterhalt weitgehend durch Schmuggel. Er war ein kluger Kopf. Es war ein Wettlauf mit der Zeit – in grosser Eile errichtete er genau auf der Grenze einige Wände, die er mit einem Dach überdeckte. Bei Vetragsabschluss galten diese Wände mit Dach dann bereits als Haus, das er anschliessend fertigbauen konnte. Auf der französischen Seite war sein Haus eine Gaststätte, auf der Schweizer Seite ein Verkaufsladen – ein wahres Schmugglerparadies. Heute ist das Gebäude ein Hotel.' Der Holzvergaser-Lieferwagen begann zu rucken. Régine brachte ihn zum Stehen. 'Das Benzin ist aus, wir müssen Holz nachschieben.' Papa machte sich an die Arbeit, ich half ihm dabei. Mama verteilte Brote mit der bekannten Montbéliard-Wurst. Vielleicht nicht ganz koscher, aber wir waren schliesslich auf der Flucht. Ein alter Hirte kam mit seiner Ziegenherde gemächlich gezogen. Er starrte uns und unser seltsames Gefährt mit dem Ofen im hinteren Teil der Karosserie so fassungslos an, als ob ein Mondschiff gelandet wäre. 'Fährt dieses Ding oder heizt ihr die Landschaft?', fragte er. Er wollte uns unbedingt etwas zuliebe tun und molk eine Ziege. Papa und Mama schauten einander betreten an. Die Kombination von Milch und Fleisch kommt für Juden ja eigentlich nicht infrage. Was sollten wir tun? Papa lächelte. 'David hat auf der Flucht mit seinen

Getreuen im Heiligtum die Schaubrote gegessen, die nur der Priester essen darf. David soll uns ein Beispiel sein, das Verbotene zu tun.' Wir bissen herzhaft in die Wurst und tranken Ziegenmilch. Es hat uns kein Blitz vom Himmel getroffen.»

Simone lachte schallend – Milch und Fleisch!

«Dem freundlichen Hirten boten wir als Dank für die Milch eine Flasche Bier und ein Montbéliard-Würstchen an. 'Bier passt in der Tat besser zu der bekannten Schweinewurst', meinte er gutmütig. Papa und Mama verschluckten sich fast, als sie das Wort Schweinewurst hörten. Der Holzvergaserofen war wieder heiss geworden. Régine schnupperte an dem Abgas, das dem Auspuffrohr entströmte. 'Der Wagen ist wieder fahrtüchtig – einsteigen bitte.' Der alte Mann und die Ziegen blickten uns staunend nach. 'Das Hotel', nahm Régine den Faden wieder auf, 'ist das Schlupfloch. Auf unserer Seite heisst es Hôtel Arbez, Hôtel Franco-Suisse wird es auf der Schweizer Seite genannt. Das Hotel gehört einer Familie Arbez. Die Grenze geht durch den Speisesaal, das Treppenhaus und durch einige Zimmer, in einem Zimmer sogar mitten durch das Bett. Die Brasserie ist ganz auf französischer Seite, sie ist das Lieblingslokal der deutschen Besatzung. Die Schweizer Räume dürfen sie nicht betreten. In der Brasserie steht der Zapfhahn für das Bier genau zwischen beiden Ländern.' – 'Treffpunkt deutscher Soldaten, das hört sich furchtbar gefährlich an', meinte Papa bekümmert, 'da laufen wir unsern Mördern ja direkt ins Messer.' – 'Max Arbez und seine Frau Angélique sind meine guten Freunde', beruhigte Régine, 'gemeinsam haben wir noch jeden Juden heil über die Grenze gebracht.' Sie lachte laut auf: 'Sogar unter den aufmerksamen, aber blinden Augen der französisch-deutschen und der schweizerischen Grenzkontrolle.' Papa seufzte: 'Ich weiss, wir sind durch beide Kontrollposten gefährdet. Die Schweizer sagen: 'Das Boot ist voll.' Sie lassen keinen durch, der den Judenstempel im Pass trägt. Sollen wir nicht doch lieber versuchen, durch den Doubs zu schwimmen und den Grenzstacheldraht zu durchschneiden?' – 'Ich verstehe dich,

Armand', erwiderte Régine, «aber hab Gottvertrauen, und vertrau auch Max und mir.'»

Simone räusperte sich ärgerlich. Mit blindem Gottvertrauen war schon mancher Mensch ins Verderben geführt worden. «Ist bei meiner Urenkelin ein wunder Punkt berührt worden?», fragte das Über-Ich Simon sanft.

Judith schmunzelte. «Habe ich soeben einen Seufzer gehört? Ich kenne doch meine Freundin. Wieder eines deiner Selbstgespräche. Am besten überspringe ich das, was Régine zum Gottvertrauen gesagt hat.»

Simone fühlte sich ertappt. «Ich werd's überleben. Erzähl mir ruhig, was die CIMADE-Frau gepredigt hat.»

«Richtig, Simone, die CIMADE Frau hat in der Tat zu einer Predigt ausgeholt: 'Ihr Lieben, Armand, Micheline und du, kleine Judith', verkündete Régine glaubensfroh, 'die hebräische Bibel, die wir Christen Altes Testament nennen, haben Juden und Christen ja gemeinsam. Im Alten Testament gibt es eine Geschichte ...' Doch was war das? Geistesgegenwärtig trat Régine auf die Bremse, sodass diese kreischte; der Lieferwagen kam ins Schleudern, die Wein- und Bierflaschen klirrten. Ein Reh war aus dem Wald über die Strasse gesprungen. 'Un moment chaud!', atmete Régine erleichtert auf, 'mais ...'»

«Mais grâce à Dieu», grinste Simon. Er sprach es durch Simone laut aus.

«Ja, so etwas Ähnliches hat Régine tatsächlich gesagt», bestätigte Judith. «'Dieu nous a protégés', rief Régine, 'aber auf die Bremse musste ich trotzdem treten. Es braucht eben beides: Dieu et les êtres humains.'»

«Bonne théologie», flüsterte Urvater Simon anerkennend.

«'Alles in Ordnung? Hat niemand den Kopf angestossen?' Régine brachte den Wagen wieder in die gewünschte Richtung. Einige Sekunden herrschte Ruhe, man hörte nur das Rattern des Motors.

‹Was ist mit dem Alten Testament?›, unterbrach Mama die Stille. ‹Du wolltest doch eine Geschichte aus dem Alten Testament erzählen, bevor das Reh uns von der Strasse abgebracht hat.› Régines Redefluss begann wieder zu strömen. ‹Es war zur Zeit des Propheten Elisa. Samaria, die Hauptstadt des israelitischen Nordreichs, war umstellt von einer mächtigen feindlichen Armee. ‹Was sollen wir machen?›, schrien die Samaritaner voller Angst. ‹Herr, öffne ihnen die Augen›, betete der Prophet. Da gingen ihnen die Augen auf und sie sahen, dass die feindliche Armee ihrerseits von feurigen Rossen und Wagen umzingelt war. ‹Schlag die Feinde mit Blindheit›, betete der Prophet als nächstes. Da wurden die Feinde sehend blind. Sie folgten Elisa brav in die Stadt und legten die Waffen nieder. ‹Jetzt können wir sie erschlagen›, frohlockten die Samaritaner. ‹Nein›, verbot Elisa, ‹das ist das Werk Gottes, setzt euch zueinander, esst und trinkt und seid fröhlich.› Mit dem Hinweis auf das 2. Königsbuch Kapitel 6 schloss Régine ihr Bibelzitat. ‹Glaubt mir, die Deutschen werden uns wie Lämmer ins Hotel folgen.› – ‹In der Auffälligkeit liegt die Unauffälligkeit›, murmelte Papa ohne Überzeugung. In seinen Augen las ich Angst; Mama war ganz blass.»

Simone runzelte die Stirn. «Seltsame Wundergeschichte. Ich kann die Angst deiner Eltern verstehen. Die CIMADE-Frau hat hoffentlich nicht versucht, diese Wundergeschichte anzuwenden.»

«Doch, meine Liebe, genau das hat sie, aber noch sind wir nicht so weit. Gedulde dich, wir sind erst am Doubs, über welchen Papa mit uns schwimmen wollte. Jetzt geht es als nächstes über den Col de la Vierge. Und diesen Höhenzug wird der Lieferwagen ohne Holznachschub nicht schaffen. Zudem muss ich mal. Régine hält an. Wir steigen aus. Ich kauere mich nieder. Auch Papa stellt sich vor einen Baum. Er hat es einfach, er steht einfach so da. Wir Frauen dagegen müssen uns niederkauern. Das nächste Mal, wenn ich wieder geboren werde, komme ich als Mann.»

«Spann mich nicht länger auf die Folter; erzähl, wie es weitergeht», bat Simone in äusserster Spannung.

«Aber ich habe gar nicht aufgehört, wir sind mitten in der Erzählung. Wir befinden uns in Goumois, wieder ein Dorf, das zu beiden Ländern gehört, getrennt durch den Doubs. Das schweizerische Goumois kann ich dir empfehlen. Die haben ein erstklassiges Fischrestaurant. Forellen und Karpfen – ein Traum, sag' ich dir. Karpfen haben allerdings viele Gräten ...»

«Hör auf mit deinen Karpfen und ihren Gräten. Fahr endlich mit deiner Fluchtgeschichte weiter. Ich halte es kaum mehr aus!»

«Also gut, wir schieben Holz nach.»

Simone seufzte. «Muss das sein?»

«Selbstverständlich, ohne Holznachschub kommen wir nie in unser Fluchthotel. Zu meiner Geschichte gehört nun halt einmal der Holzvergaser, etwas, das man heute nicht mehr sieht. In Schaanwald in Liechtenstein gibt es übrigens ein Oldtimer-Museum mit Holzvergasern.»

«Judith, ich bitte dich. Der Holzvergaserofen ist sicher glühend heiss, dem Holz entströmt das Gas. Ihr steigt ein und fahrt weiter.» Simone lechzte nach der Fortsetzung.

«Richtig», erklärte Judith seelenruhig, «unser Holzvergaser-Lieferwagen erklimmt den Col de la Vierge. Oben angekommen stockt uns der Atem.»

«Eine deutsche Patrouille?»

«Nein, keine deutsche Patrouille. Eine furchteinflössende Steilstrasse! Sogar du würdest zu beten anfangen, wenn du mit deinem Wagen an diese Stelle kämest. Sämtliche Agnostiker und Atheisten müsste man über diesen Col schicken. Umkehren nützt nichts, denn beide Seiten sind gleich steil, beim Hinauffahren merkt man es bloss weniger. Agnostiker und Atheisten müssten den Rest ihres Lebens auf dem Col verbringen oder die Talfahrt wagen und unten gläubig ankommen.»

«Deine Freundin hat es faustdick hinter den Ohren», grinste Simon. «Sie lässt dich zappeln. Sie ist mir sehr sympathisch.» – «Ja, Grand-Papa, sie ist nicht nur gläubig, sie hat auch Humor.»

«Glaube und Humor gehören zusammen», meinte Judith fröhlich. «Na dann, Gott befohlen und runter ins Tal. Ich erinnere mich, dass ich fragte: ʻIst es noch weit bis zum Hotel?ʼ Es war in der Tat noch sehr weit. Ganze drei weitere Male mussten wir Holz nachlegen, bis wir endlich auf der Hochebene des Vallée des Dappes im Grenzort La Cure anlangten. Mein Herz raste. *Hôtel Arbez* las ich und gleich daneben sah ich den Grenzposten. Mit kräftigem dreimaligem Hornsignal meldete Régine unsere Ankunft. Auffälliger konnte man sich nicht benehmen. Mit weichen Knien stiegen wir aus – diese deutschen Soldaten, unterstützt von französischen Zollbeamten! Aus dem Hotel trat Max Arbez. Er umarmte Régine. Diese drehte sich nach der Begrüssung fröhlich gegen die Soldaten; sie steckte die beiden kleinen Finger über der Zunge in den Mund und pfiff so laut, dass die Soldaten herumfuhren. ʻHé, les jeunesʼ, rief sie, ʻsi déjà je vous apporte de la bière, vous pouvez bien nous aider.ʼ Die Deutschen sprachen zwar kein Wort Französisch, doch sie hatten die Aufforderung verstanden und kamen ihr freudig nach.»

Judith hatte in ihren Bericht einen derart durchdringenden Pfiff eingebaut, dass ein Schwarm Vögel aufgeschreckt davonflog. «Das habe ich von der CIMADE-Frau gelernt. Versuch es auch, Simone. Mach mit beiden Händen eine Faust, streck die beiden kleinen Finger nach oben, halte sie in Dachform gegeneinander – siehst du, so. Nein, in Dachform – ja, so – schieb sie über der Zunge in den Mund und jetzt ...»

Simone brachte lediglich ein Blasgeräusch zustande. «Du willst bloss am spannendsten Punkt deiner Erzählung ablenken», brummte sie.

Judith lachte. «Ich will dir bloss zeigen, warum die deutschen Soldaten so diensteifrig herbeieilten.» Erneut stiess sie einen Pfiff aus, der durch Mark und Bein ging.

Ein junges Paar kam ihnen kinderwagenschiebend entgegen, an der Hand des Vaters ein kleiner Junge. «Schau mal, wie die alte Frau pfeifen kann», jauchzte das Kind. «Zeigst du mir, wie du das machst?» Der Kleine trat auf Judith zu. Der Vater eilte ihm nach und zog ihn zurück. «Nicht, Jaro, denk an Corona, die zwei Frauen sind Risikopatientinnen. – Entschuldigen Sie, meine Damen.»

«Schon gut, schon gut, Sie haben recht, man muss aufpassen.» Jaro zuliebe pfiff Judith noch einmal durch die Finger. Der Säugling im Wagen begann zu weinen. Eiligst entfernte sich die junge Familie.

«Offenbar hat euch die deutsche Militärpolizei nicht verhaftet», drängte Simone, begierig, die Fortsetzung zu hören.

«Von einer Verhaftung kann keine Rede sein. Die Deutschen fassten mit an. Was für Flüchtlinge kommen auf die Idee, ihre Mörder herbeizupfeifen? Von Flüchtlingen war keine Spur zu sehen. Tatsache war: Bier und Wein waren angekommen. Max Arbez brachte einen Hebetrolley für die Fässer. 'Ist es gutes deutsches Bier?', fragte einer der jungen Deutschen. 'Ins Reich zurückge*kechtes Bierch*', antwortete mein Vater mit Akzent eines Franzosen, der sich zu bemühen schien, deutsch zu sprechen. – '*Kronangburch.*' Auch ich machte mich an einer Harasse zu schaffen. Sie war viel zu schwer für mich. Einer der Soldaten erbarmte sich meiner. 'Tu être sehr fort', radebrechte er. 'Tu es très forte', korrigierte ich ihn in der Hoffnung, selber keinen Fehler zu machen. Mein eigenes Französisch war ja noch sehr mangelhaft. In der Brasserie kündigte Max Arbez in einer Mischung aus schweizerdeutschem und französischem Akzent an: 'Die erste Runde geht aufs Haus.' Bei den Deutschen brach Jubel aus. Hinter uns schloss sich die Tür. Wir waren in der Schweiz. Wir entspannten uns. Mama fing vor Erleichterung an zu weinen. Angélique Arbez nahm sie in die Arme. Mein Vater zitterte, wie ich ihn nie habe zittern sehen. Aus der Brasserie hörten wir die Soldaten singen. Max Arbez nahm dankbar die Montbéliard-Würstchen entgegen. Es wurde abgerechnet. 'Ich bin keine Schlepperin, die sich bereichern will', betonte Régine, 'aber die CIMADE braucht für ihr Rettungswerk Geld. Wir sind eine Organisation mit Helfern, die im Lohnverhältnis mitarbeiten.' Papa überreichte ihr einen Stoss französischer Banknoten, nach Schweizer Währung müssen es etwa fünftausend Franken gewesen sein. Die Hälfte schob Régine mit Entschiedenheit zurück. 'So viel nehme ich nicht an.' Begleitet von den Biergesängen aus der Brasserie sang Papa leise ein hebräisches Dankgebet. Gemeinsam schlossen wir mit einem französischen Vaterunser. Später lagen wir in einem feinen, sauberen Doppelbett. Mich an Papa und Mama schmiegend, fühlte ich mich geborgen wie in Abrahams Schoss. Das Letzte, das bis zu mir drang, waren der Tabakrauch aus der Brasserie und ein Säuferlied.»

Die Erinnerung an die Nacht der Rettung war so stark, dass Judith auf dem Spaziergang mit der Freundin das Säuferlied anstimmte, mit dem sie in den Schlaf gesungen worden war. Der Säufer hiess Bolle und wurde in eine Schlägerei verwickelt. Die ersten Strophen kamen ihr nicht mehr in den Sinn, doch die gruseligste hatte sie nie vergessen können:

Schon fing es an zu tagen,
als er sein Heim erblickt.
Das Hemd war ohne Kragen,
das Nasenbein zerknickt.
Das rechte Auge fehlte,
das linke marmoriert.
Aber dennoch hat sich Bolle
ganz köstlich amüsiert.

Zu Judiths Erstaunen stimmte Simone bei der letzten Strophe des Säuferliedes lachend mit ein:

Als er nach Haus gekommen,
da ging's ihm erst recht schlecht.
Da hat ihn seine Olle
ganz mörderisch verdrescht.
Ne volle halbe Stunde
hat sie auf ihm poliert.
Aber dennoch hat sich Bolle
ganz köstlich amüsiert.

«Woher kennst du denn dieses Lied?», fragte Judith verblüfft.

«Wir haben es in Bern bei den Pfadfinderinnen gesungen. Ich kenne aber nur diese letzte Strophe.»

Judith lachte. «Was, Mädchen haben solche Bier- und Prügellieder gesungen?»

Simone lachte fröhlich mit. «Du hast recht, ich hätte wohl Pfadfinder sagen sollen, nicht Pfadfinderinnen. Wenn wir Mädchen allein waren, haben wir andere Lieder gesungen, doch manchmal gab es Übungen gemeinsam mit den Burschen.»

Das Concentrationslager mit C

In Judiths Stimme wäre für Unbeteiligte eine Mischung aus Erschütterung und Sarkasmus zu hören gewesen, als sie betont trocken sagte: «Und dann kamen wir ins Konzentrationslager.»

Bei Simone, die atemlos zugehört hatte, kam nur die Erschütterung an. «Um Gottes willen, haben euch die deutschen Soldaten aus den Schweizer Zimmern herausgeholt?», schrie sie entsetzt.

«Du hast soeben *um Gottes willen* gesagt», spottete Urgrossvater Simon. «O Sch...», wollte Simone korrigieren, wurde sich jedoch rechtzeitig bewusst, dass dieser Ausdruck angesichts der Tragik nicht angebracht war, und so stammelte sie: «Um Himmels willen, Judith!» – «Siehst du», meinte Simon sanft, «in gewissen Situationen kommst auch du ohne Gott und den Himmel nicht aus.» Simone stiess einen tiefen Seufzer aus, einerseits weil der Urahn leider recht hatte, andererseits weil das Wort Konzentrationslager bei ihr ein seelisches Erdbeben ausgelöst hatte. Was hatte ihre Freundin alles durchgemacht!

Judith schaute Simone lange wortlos an. Sie war ganz blass und schluckte leer. Dann streckte sie den Zeigefinger aus und sagte mit zittriger Stimme: «Siehst du dort den Turm?»

«Du meinst den Beobachtungsturm, von dem aus wir das Naturschutzgebiet überblicken können?»

«Ja, genau diesen Turm meine ich. Sie haben ihn umgebaut, aber dort stand der Wachtturm. Und da, wo du jetzt stehst, lief der Stacheldraht durch. Und dort, die längliche Hütte, sie ist nicht abgerissen worden, das war die Wäschereianlage mit einem Entlausungsraum.»

Simone rang nach Worten. «War hier ein Auffanglager? Ein Internierungslager?»

«Nennst du das ein Auffanglager, wenn Menschen hinter Stacheldraht leben und rings um das Lager bewaffnete Soldaten mit grimmigen Hunden patrouillieren? In guteidgenössischer Weisheit haben die Schweizer ihr Lager mit C geschrieben: Concentrationslager Büren. Nicht zu verwechseln mit einem deutschen Konzentrationslager mit K, aber nichtsdestoweniger von einem Aargauer Ingenieur nach Plänen eines deutschen Konzentrationslagers mit K entworfen.»

«Sag, dass das nicht wahr ist!», stöhnte Simone.

«Lies doch selber, was auf der Gedenktafel steht.»

Simone näherte sich einem aus Felsblöcken errichteten Denkmal. Fremde Schriftzeichen fielen ihr auf: Hebräisch und Russisch stachen am auffälligsten hervor, aber es gab auch Sprachen mit lateinischen Zeichen: Deutsch, Französisch, Polnisch, Italienisch. «Wieso in diesen Sprachen?»

«Es sind die Sprachen, die im Lager gesprochen wurden. Angefangen hat es mit polnischen Soldaten, welche aus Frankreich in die Schweiz geflüchtet waren. Als die Polen privat untergebracht werden konnten, kamen wir Juden an die Reihe, Privatpersonen, Männer, Frauen, Kinder. Nach uns wieder Soldaten aus Italien und zuletzt russische Flüchtlinge, deren Rückführung die Sowjetunion verlangte. Die Schweiz weigerte sich und liess die geflüchteten Russen in die Türkei auswandern.»

Simone las den deutschen Text: *Zum ehrenden Gedenken an die hier internierten fremden Soldaten und Zivilflüchtlinge.*

«Natürlich musste man die geflohenen Soldaten und die geflüchteten Zivilpersonen irgendwo unterbringen», erklärte Judith. «Es war eine finanzielle Frage. Wer sollte das bezahlen? Also übertrug man diese Aufgabe der Armee. Die Armee hatte jedoch wichtigere Aufgaben als die fachgerechte Organisation eines Flüchtlingslagers. Die Schweiz erwartete einen Angriff. Da konnte selbst der beliebte General Guisan sich nicht in besonderer Weise um uns kümmern. Einmal hat er uns aber sogar besucht. An dem Tag, als er kam, gab es anständiges Essen. Normalerweise haben wir von Abfällen gelebt, und erst noch von zu wenig Abfällen. Wir haben gehungert. Nach dem Besuch des Generals durften Frauen und Kinder dank seiner Anordnung wenigstens zweimal pro Woche das Lager verlassen und in Büren spazieren gehen. Aber nur in Begleitung von Soldaten mit Bajonetten. Die tüchtigen Offiziere wurden für den Grenzschutz und die Verteidigung gebraucht, die unbegabten und menschlich ungeeigneten Offiziere betraute der General mit dem Concentrationslager mit C, unter ihnen ausgesprochene Antisemiten und Nazifreunde. Ein paar fähige menschliche Offiziere waren trotzdem dabei. Sie halfen den Männern, damit sie, anstatt tagelang herumzusitzen, bei den Bauern auf den Feldern mitarbeiten konnten. Mein Papa gehörte zu den Torfstechern. Der Schweiz gingen die Kohlenvorräte aus. Geheizt wurde mit Torfbriketts und Holz. Papa war bei den freundlichen Schweizer Soldaten beliebt, sie waren fasziniert von seinen Gesängen. Die Trottelsoldaten dagegen hassten ihn. Sie waren neidisch auf seine Begabung und seine Fähigkeiten. Allerdings hat er sie mit aufmüpfigen Liedern immer wieder bewusst provoziert. Ich kenne das Lied noch heute; ich werde es nie vergessen.» Judith begann zu singen:

Wir sind die Moorsoldaten ...
Wohin auch das Auge blicket
Moor und Heide nur ringsum.
Vogelsang uns nicht erquicket
Eichen stehen kahl und krumm.
Wir sind die Moorsoldaten ...
und ziehen mit dem Spaten
ins Moor.
Hier in dieser öden Heide
ist das Lager aufgebaut,
wo wir frei von jeder Freude
hinter Stacheldraht verstaut.

Auf und nieder geh'n die Posten
keiner kann hindurch.
Flucht kann nur das Leben kosten
Vierfach ist umzäunt die Burg
Doch für uns gibt's keine Klagen
ewig kann's nicht Winter sein.

«Die antisemitischen Wachen, Anhänger von Naziideen,
schäumten vor Wut, wenn Papa dieses Lied sang. Die freundlichen
Männer unter den Aufsehern dagegen applaudierten. Die
unfreundlichen Bewacher verhängten über Papa ein Arbeitsverbot.
'Wenn dir das Torfstechen im Moor nicht gefällt, dann bleibst du
halt eben zuhause.' Doch die alten Bauern, die nicht im Militär
waren und auf Arbeitskräfte angewiesen waren, versammelten sich
mit Spaten und Stechgabeln vor dem Drahtzaun und verlangten
Papas Freilassung. Ich war stolz auf meinen Papa; er war ein Held.
Die bösartigen Bewacher versuchten sogar, unseren Glauben in
den Dreck zu ziehen. Hungrig, wie wir waren, boten sie uns
Büchsenfleisch an, doch zum einen bestand es aus Schweinefleisch,
sofern man den Fettaufstrich, hergestellt aus verarbeiteten
Speckschwarten, überhaupt als Fleisch bezeichnen kann, zum
andern nannten die Bewacher das Zeug grinsend *gestampften Jud*.
Appetitlicher sahen die Cervelats aus, die bekannten Würste aus
Rinder- und Schweinefleisch. Ich war so hungrig, dass ich mir ab
und zu von einem freundlichen Soldaten eine Cervelat geben liess.
Papa tat, als ob er nichts gesehen hätte. Einer der grimmigen
Bewacher hatte mich jedoch beobachtet und erzählte überall
grinsend: 'Das Judenmädchen frisst *Judengüggeli*.' Das war seine
Bezeichnung für die Cervelats. Zum Frühstück gab es für die
Erwachsenen *Judenschweiss*, ein Getränk hergestellt aus Eicheln
und Kaffeezusatz. Dieses Getränk war damals freilich auch der
Kriegskaffee der Schweizer Bevölkerung. Für uns Kinder gab es
jeden Morgen ein Fläschchen Kakao, den wir mit einem Röhrchen
saugten.

Papa hat den gefangenen Juden und vielen freundlichen Bewachern, aber auch den Bauern auf den Feldern mit seinem herrlichen Singen Mut, Kraft und Hoffnung gemacht. Vor allem seine jiddischen Lieder faszinierten. Ein Lied, das immer wieder begeisterte, ist *Mir lebn ejwik*.»

Judith, welche die schöne Stimme ihres Vaters geerbt hatte, sang mit Inbrunst:

> Mir lebn ejwik, es brent a welt.
> Wir leben ewig! Es brennt die Welt.
>
> Mir lebn ejwik, on a groschn geld.
> Wir leben ewig, auch ohne Geld.
>
> Un ojf zepukenis ale sojnim
> Und sind wir längst schon für die Feinde tot,
>
> Wos weln unds farscharzn undsre ponim.
> So halten wir zusammen in der Not.
>
> Mir lebn ejwik, mir sejnen do!
> Wir leben ewig, wir sind noch da!
>
> Mir lebn ejwik in jeder scho.
> Wir leben ewig, trotz kleiner Schar!
>
> Mir weln lebn un derlebn
> Wir wollen leben und erleben,
>
> Schlechte zajten ariberlebn.
> schlechte Zeiten überleben.
>
> Mir lebn ejwik, mir sejnen do!
> Wir leben ewig, wir sind noch da!

Judith war beim Singen richtig aufgeblüht. Ihr Gesicht strahlte. «Der jüdische Glaube ist die beste Religion auf der ganzen Welt», kommentierte sie ihr Lied.

«Na hör mal», erwiderte Simone beleidigt, «wie ist das mit dem strengen strafenden alttestamentlichen Gott? Da ist doch der Gott von Jesus Christus ein ganz anderer Gott, ein Gott der Liebe.»

Nicht nur Simones *Alter Ego* Simon Perrin, sondern auch Judith brach in schallendes Gelächter aus. «Das sagt mir ausgerechnet eine bekennende Agnostikerin!»

Jetzt mussten beide Frauen lachen.

«Ich habe schon als Gymnasiastin über deinen Glauben gestaunt», gestand Simone. «Damals wusste ich noch nichts von eurer Flucht und der schlimmen Lage im Schweizer Konzentrationslager.»

«Concentrationslager mit C», berichtigte Judith fröhlich.

«Na gut, mit C, aber schlimm genug. Und jetzt mit diesem Wissen um deine tragische Kinderzeit muss ich deinen Glauben erst recht bewundern. Aber darf ich fragen: Wie kann man so etwas erleben, ohne den Glauben an Gott zu verlieren?» – «Hast du schon einmal darüber nachgedacht, mon enfant», meldete sich Simon, «dass man in solcher Not überhaupt nur mit Hilfe des Glaubens überleben kann?»

Judith nickte: «Deine Frage ist berechtigt; ich stelle sie mir selber auch immer wieder. Ich sage mir dann: Wenn man in solch furchtbarer Situation den Glauben an Gott verliert, geht man mitsamt Gott auch selber verloren. Es gab im Lager Leute, die sich das Leben genommen haben.»

Simone bewegte den Kopf nachdenklich hin und her. «Wenn es Gott überhaupt gäbe – was ich bezweifle – würde ich ihm alle Schande sagen!»

Judith schmunzelte. «Und da es Gott, wie du sagst, wahrscheinlich nicht gibt, hast du auch niemanden, den du anklagen kannst. In der Bibel klagen Menschen Gott durchaus an. Sie gehen mit ihm heftig ins Gericht. Hiob schleudert Gott ins Gesicht: O wäre ich nie geboren worden! Ähnlich der Prophet Jeremia, der seine Geburt ebenfalls verfluchte und Gott den grossen Verführer nannte. Mein Papa war ein zutiefst gläubiger Mann, doch oft habe ich ihn auf Jiddisch schimpfen hören: *Got ken zeyn tsufridn as er lebt azoy aroyf, andersh mir wolt brekhn di fenster far im.* – Gott kann froh sein, dass er so hoch oben wohnt, sonst würden wir ihm die Fenster einschlagen.»

«Da staunst du, Chouchou», meldete sich Simon, «über diese biblischen Proteste. Du würdest noch viel mehr staunen, wenn du wüsstest, dass Gott bei Hiobs heftigen Verwünschungen nicht den entsetzten, fromm redenden Freunden Recht gibt, sondern dem mit ihm schimpfenden Hiob.»

Judiths Gesicht nahm einen verträumten Ausdruck an. «Die Bauern liebten ihren jüdischen Mitarbeiter und Sänger. Er half ihnen und sie halfen ihm. Auf dem Bauernhof Honegger trafen von Schweizer Winzern Lieferungen von Spitzenweinen ein. Armand Günzburger baute einen Hofladen mit örtlichem Gemüse und Schweizer Weinen auf. Ich gebe zu, Papa verkaufte auch Bückware. Je nach Kundin bückte er oder die Bäuerin sich und verkaufte Eier und Butter oder sogar Fleisch von einem insgeheim geschlachteten Tier. Die Bauern halfen Papa auch juristisch, damit er eine Wohnung in Büren mieten konnte. Und so gab es nach neun Monaten keinen Grund mehr, uns im Concentrationslager mit C festzuhalten. Wir bezogen eine gemütliche Wohnung mitten im Städtchen. In Büren erblickten mein Bruder und meine Schwester das Licht der Welt. Zu Ehren unserer Fluchthelfer aus dem Elsass und Frankreich gaben die Eltern ihnen die Namen Abraham und Régine.»

Dritter Teil

The Kiss of Life

Nachdem sie wieder nach Biel zurückgefahren waren, begleitete Simone die Freundin bis zum Bahnsteig – mit Maske. Als der Zug nach Bern einfuhr, hätten die beiden sich am liebsten umarmt wie zuvor im Häftli, doch in der Öffentlichkeit wäre das ein nicht nachzuahmendes Beispiel gewesen. So etwas konnte sich eine Ärztin nicht erlauben.

«Ich küsse dich in fünf Jahren wieder», witzelte Judith, «wenn Corona endlich vorbei sein wird.»

Simone hatte Tränen in den Augen. «Ich bin erschüttert; du hast mir so viel erzählt. Ich muss mich zusammenreissen, um nicht laut zu schreien.»

«Ich warne dich», antwortete Judith mit ihrem so typisch humorvollen Ernst, und fügte auf Jiddisch hinzu: «*Shrai nit, vest oyfvekn got* – schrei nicht, sonst weckst du nur Gott auf.» Sie stieg ein. Der Zug fuhr ab. Die Freundinnen winkten einander zu.

Shrai nit, vest oyfvekn got – warum hatte Judith das gesagt? Und warum ging ihr dieser jiddische Ausspruch nicht aus dem Kopf? «Das weisst du ganz genau», flüsterte Simon. «Ja, vielleicht weiss ich es», gab sie zurück.

Nachdenklich schritt sie durch die Bahnhofhalle. Gott, den es wahrscheinlich gar nicht gibt, oder vielleicht doch? *Shrai nit, vest oyfvekn got.* Simone bedauerte, dass sie die Freundin zum Abschied nicht in die Arme genommen hatte. Nach dem ergreifenden Lebensbericht wäre der Kuss zwar das medizinisch Falsche, aber das psychologisch Richtige gewesen! Aber eben, sie war ja die Ärztin, welche an die Ansteckungsgefahr dachte.

Ein dumpfer Knall, gefolgt vom Schrei mehrerer Frauen, riss Simone aus ihren Gedanken. Sie fuhr herum. Eine Frau lag am

Boden, Gesicht nach unten. Simone eilte zu der Zusammengebrochenen. «Ich bin Ärztin. Ruft den Krankenwagen! Holt den AED Defibrillator!» Ein Bahnangestellter eilte nach dem Glaskasten mit Hämmerchen, den es in jedem Bahnhof gibt. Simone holte aus ihrer Handtasche das Desinfektionsmittel, rieb sich damit die Hände ein, vergewisserte sich, dass ihre Gesichtsmaske Mund und Nase bedeckte, und kniete sich neben die am Boden Liegende. Vorsichtig drehte sie die Frau auf den Rücken. Zwei Minuten zuvor hatte sie die Freundin, weil sie Ärztin war und die möglichen Folgen kannte, nicht geküsst, doch gerade als Ärztin blieb ihr jetzt nichts anderes übrig, als der Zusammengebrochenen, die nicht mehr atmete, den Kiss of Life zu geben. Sie schob der Bewusstlosen die Maske vom Gesicht. Durch ihre eigene Maske blies sie der Kollabierten mit aller Kraft in den Mund, gleichzeitig den Puls fühlend. Die Frau hatte einen Herzstillstand erlitten. Simone setzte sofort mit Herzmassage ein; abwechslungsweise Beatmung, Druck auf die Brust und wieder Beatmung. «Hier ist der Defibrillator!», rief der Bahnangestellte. Simone drückte auf die Starttaste. Der Apparat begann zu sprechen: «Oberkörper des Patienten frei machen.» Sie riss Mantel und Bluse der Kollabierten auf, entfernte den Büstenhalter. «PETS an die linke und rechte Seite unterhalb der Schulter anheften, damit der Strom durch das Herz fliessen kann», befahl der Apparat. «Patient nicht mehr berühren, AED misst die Herztätigkeit. Jetzt zurückweichen und Schocktaste drücken.» Die Patientin zuckte, bäumte sich jedoch nicht auf wie in den Fernsehfilmen. «Mit Herzmassage weiterfahren», sprach die Stimme. «Nicht mehr berühren! Messung. Zurücktreten und erneut Schocktaste drücken!»

«Merken Sie sich, wie das funktioniert», rief Simone in die Menge, «das kann nach Anweisung des Apparats jeder Laie, das rettet Leben.» Wieder erfolgte der Schock. Die Patientin begann zu husten und zu spucken, direkt auf Simones Hand, als sich die Maske durch die heftige Bewegung verschob. Spontan fuhr sich Simone mit der Hand ins Gesicht und schob die Maske wieder über Mund und Nase. Verflixt – sie hatte sich mit der bespuckten Hand ins Gesicht gegriffen, das könnte fatale Folgen haben. Man hörte die Sirene des Krankenwagens. Sanitäter in Schutzanzügen stürzten mit einer Trage in die Bahnhofhalle, einer notierte sich Simones Handynummer. «Sie bekommen eine SMS, Frau Doktor. Gehen Sie unverzüglich nach Hause und desinfizieren Sie sich gründlich.»

«Gut gemacht, meine Tochter», lobte Simon sie.

Zuhause duschte Simone sich gründlich, besprühte sich mit Desinfektionsmittel, gurgelte mit Hextril und schluckte zwei Tabletten Neocitran. Ihr Handy summte. Es war die SMS aus dem Krankenhaus: «Die Frau, die Sie reanimiert haben, ist an Covid-19 erkrankt. Sie sind ab sofort in Quarantäne, haben aber nach 48 Stunden das Recht und die Pflicht, sich zur Testzentrale Bahnhof zu begeben, um sich testen zu lassen.» Dass ein Test erst 48 Stunden nach einer Infektion Gewissheit bringen konnte, war Simone bewusst. Zu dumm, dass sie sich beim Husten der Frau ins Gesicht gegriffen hatte. Sie fühlte, wie eine Unruhe von ihr Besitz ergriff. Sie musste mit jemandem reden. Sie rief ihre Tochter Silvie an, die im selben Haus wohnte.

«Calme-toi, Maman», beruhigte Eric, der Schwiegersohn, der sich am Telefon meldete, «warte das Testergebnis ab. Ja, ich werde es Silvie ausrichten, sobald sie zuhause ist. – Ja, gewiss, kein Problem, wir werden für dich einkaufen.»

Le cri – der Schrei

Calme-toi, Maman – beruhigen sollte sie sich! Eric hatte gut reden, er steckte nicht in ihren Schuhen. Wie sollte sie sich beruhigen? Simone ging in der Wohnung hin und her. Der *Kiss of Life* beschäftigte sie. Diesen infektiösen, wenn auch lebensrettenden Kuss hatte sie gegeben, den Kuss der Freundin dagegen, den seelisch heilenden Kuss, hatte sie weder gegeben noch empfangen. Seit dem Tag, an dem sie wusste, dass sie ihren Mann endgültig verloren hatte, hatte sie sich nie mehr so furchtbar gefühlt wie gerade jetzt. Sogar der Urahn Simon war verstummt. In ihr drehte sich dauernd der Satz aus dem Gedicht: *Ach! aber für Lenoren war Gruss und Kuss verloren.* Sie floh auf den Balkon. Vielleicht würde die kühle Luft ihr guttun. Der Nebel hatte Nidau, Biel und den See längst wieder eingehüllt. Nebel draussen, Nebel in der Seele – *ach! aber für Lenoren war Gruss und Kuss verloren.* Sie hastete in die Wohnung zurück. Sie blätterte in einer Zeitschrift; sie konnte sich nicht konzentrieren; sie wusste überhaupt nicht, was sie las. Auf jeder Seite schien ihr der Satz entgegenzukommen: *Ach! aber für Lenoren war Gruss und Kuss verloren.* Sie war verzweifelt: Jetzt hätte sie es nötig gehabt, dass ihr Mann – ihr Exmann – sie in die Arme genommen hätte. *Ach! aber für Lenoren war Gruss und Kuss verloren.* Sollte sie schreien?

Endlich meldete Simon sich wieder. «Mon enfant, tu es écrivain de poésie. Pourquoi tu ne transformes pas tes sentiments en poème?» – «Merci, Grand-Papa.»

Sie zog ihr Poesietagebuch aus der Schublade ihres Arbeitspults. Viele Seiten waren schon vollgeschrieben. Sie setzte sich hin und schlug eine leere Seite auf. Poesie, das ging für Simone nur auf Französisch. Als Titel setzte sie: *Le cri – der Schrei.* Warum eigentlich? *Shrai nit, vest oyfvekn got.* Wollte sie Gott aufwecken? Auf gar keinen Fall! Sie strich *le cri* durch. Doch ohne diesen Titel war sie blockiert. Entschlossen setzte sie ihn wieder hin. Und siehe da, es war wie Magie. Die Worte begannen zu fliessen, sie purzelten geradezu in das Poesiebuch.

Le cri
Peindre ma douleur
avec mes mots

accroupie, misérable
et là: le marécage
face à la boule de feu
qui m'éclabousse
de sang

Je glisse dans les eaux noires
fange bouleuse en ébullition

Le masque se déchire
en un rictus de souffrance
des entrailles monte
qui hurle ...

La fange m'étouffe car
elle n'a pas d'oreilles

«Sehr gut, Chouchou», lobte Simon. «Und jetzt mach den PC auf, du hast eine Mail von deinem Gymerkollegen Mark Mauerhofer.»

Die Annahme, dass Mark geschrieben habe, beruhte auf Erfahrung. Der alte Schulkamerad war ein Vielschreiber. Manchmal ging er ihr mit seinen zahlreichen Mails geradezu auf die Nerven, doch er war nun einmal ein Autor wie sie selber, und es war auch immer wieder köstlich zu lesen, was der Vielschreiber alles berichtete. Simone hatte Glück. Von Mark war tatsächlich eine Mail eingetroffen, eine Kurzgeschichte, die er bei der Tageszeitung Bund für einen Kurzgeschichtswettbewerb zum Thema Corona eingereicht hatte. Schon beim Titel musste sie schmunzeln. Sie nahm den Laptop mit ins Bett und fing an zu lesen. Marks Coronaliebesgeschichte mit einer besonderen Prinzessin war genau das, was sie jetzt brauchte.

Prinzessin Mamatunde aus dem Emmental

Nein, schwul war er nicht, der junge Berner Gymnasiallehrer Florian Balmer, aber er machte sich nicht besonders viel aus Frauen.

Gleich der erste Satz packte Simone. Sie musste an ihren Sohn Yanis und dessen Ehemann Sandro denken. Yanis war wie der Mann in der Geschichte Gymnasiallehrer. Florian Balmer in Marks Kurzgeschichte war nicht schwul. Aber das Wort 'schwul' war für Simone ein guter Anfang. Gespannt las sie weiter.

Erst zwei Liebschaften hatte der achtundzwanzigjährige Florian erlebt und da er nie mit einer dieser Frauen eine gemeinsame Wohnung bezogen hatte, war das Ende der Beziehung beide Male ohne grössere Probleme vonstattengegangen. An eine neue Verbindung war in der Coronazeit ohnehin nicht zu denken. Er wollte seine Gymnasiasten und Gymnasiastinnen nicht mit dem Virus anstecken – und umgekehrt. Er redete den Jugendlichen immer wieder ins Gewissen, damit sie die Coronamassnahmen befolgten. Eine Schliessung der Schule musste unbedingt vermieden werden.

Mit seiner Arbeit als Lehrer war Florian recht eigentlich verheiratet. Die Schülerinnen und Schüler liebten ihn und er liebte sie. Sie waren sein Lebensinhalt.

Auch an dem Tag, der seinem Leben eine neue Richtung geben sollte, dachte er an sie, als er sich bei der ÖV-Station Hofgut die Hygienemaske umhängte und nichtsahnend das blaue Tram Nummer sechs bestieg. Es gab noch genügend Sitzplätze, sogar mit coronatauglichem Abstand. Er setzte sich. Wie üblich liess er auch diesmal seine Blicke missbilligend von Fahrgast zu Fahrgast schweifen. Es war jeden Morgen dasselbe: Die Hygienemaskierten hatten Stöpsel in den Ohren oder drückten mit flinken Fingern auf ihren Smartphones herum. Unter ihnen waren auch zwei seiner Gymnasiasten. Er würde in der Pause mit ihnen reden.

Auf einmal fühlte er sich in seinem frühmorgendlichen Ärger ertappt. Ein Augenpaar hatte sich belustigt auf ihn gerichtet. Die Maske verdeckte zwar die lächelnden Lippen, doch es gab keinen Zweifel, in den Augen las er Belustigung. Die junge Frau, der die Augen gehörten, hatte weder Stöpsel in den Ohren noch drückten ihre Finger auf dem Smartphone herum. Ihr hygienemaskiertes Gesicht war umrahmt von schwarzem Wuschelhaar – eine Frau mit afrikanischem Blut, wie Florian feststellte, doch ohne den bescheiden flehenden Ausdruck einer Ausländerin. Der junge Mann hatte Blickkontakt mit einer selbstbewussten Schweizerin. Unter seiner Maske lächelte er die Unbekannte an und ihre Augen strahlten zurück. Die Frau interessierte sich für ihn. Leider musste Florian am Helvetiaplatz aussteigen.

Im Gymnasium stellten die jugendlichen Maskenträger fest, dass ihr maskengeschützter Mathematiklehrer recht zerstreut war. Auf das Pausengespräch über Sinn und Unsinn der Beschäftigung mit dem Smartphone verzichtete er. Er meinte aber, bis zum Abend würde er das Augenpaar und das Wuschelhaar wieder vergessen haben.

Zuhause nahmen ihn die Tagesschau mit den neusten Fallzahlen und die bevorstehenden Wahlen in den USA voll und ganz in Beschlag. Würde die Gesellschaft sich durch die Pandemie verändern? Würden die USA sich verändern? Würde er selber sich verändern? Finanziell war er nicht gefährdet; er hatte seinen Lehrerlohn. Den Unterricht würde er auf keinen Fall aufgeben, aber vielleicht sollte er andere Jugendliche unterrichten, nicht die finanziell verwöhnten Schweizer Ohrenstöpsel- und Smartphone-Jugendlichen, sondern nichtprivilegierte Burschen und Mädchen in einem Drittweltland? – Drittweltland! Schon waren sie wieder da, die Augen, die so selbstbewusst geblickt hatten. Die jungen Frauen in der Dritten Welt müssten genau so selbstbewusst werden wie die Frau, der das Augenpaar und der Wuschelkopf gehörten.

Florian schüttelte den Kopf. Normalerweise sässe er jetzt im Kreis von Freunden bei einem Glas Bier und käme nicht auf so dumme Gedanken. Aber vielleicht waren diese Gedanken gar nicht dumm? Vielleicht brauchte es die Einschränkungen durch die Pandemie, um den bisherigen Tramp zu verlassen und auf ganz andere Gedanken zu kommen? Hatte nicht Churchill gesagt: «Never waste a good crisis.»?

Am nächsten Morgen zwang Florian sich, nicht an die Augen und die Wuschelhaare zu denken, doch bei der ÖV-Haltestelle stellte er sich genau an denselben Punkt, um auf das Tram zu warten, wie am Tag zuvor. Ich stehe schliesslich immer hier, dachte er trotzig. Und warum sollte diese Frau zur selben Zeit im selben Tramabteil sein? Als das blaue Bähnli anrückte, setzte er die Maske auf und stieg ein. Doch, tatsächlich, die Frau war da. Beinahe hätte er ihr zugenickt. Diesmal nahm sie ihr Smartphone aus der Handtasche. Sie war angerufen worden. Trotz der Maske hörte Florian ihre Stimme. Die geheimnisvolle Frau sprach berndeutsch auf eine ganz andere Art und Weise, zwar ohne fremden Akzent, aber ihr Berndeutsch war schöner als das Berndeutsch gewöhnlicher Leute. Jeder Ton ihres Berndeutschs drückte aus: «Hört mal, liebe Leute, ich bin Bernerin, wagt ja nicht, das zu bezweifeln.»

Der nächste Tag war ein Samstag – schulfrei, was Florian bedauerte. Sollte er trotzdem in die Stadt fahren? Nein, dachte er ungehalten. Ich will auf andere Gedanken kommen, ich gehe joggen. Im Trainingsanzug lief er Richtung Gümligenberg. Er liebte dieses Waldweglein, von hier hatte man eine schöne Aussicht auf die Berner Alpen. Im Talgrund sah er das blaue Bähnli, in dem vielleicht die Prinzessin sass – die Prinzessin aus dem Emmental, wie er sie in Gedanken nannte. Er bedauerte nun doch, nicht ins Tram gestiegen zu sein, und hoffte bereits auf ein Wiedersehen am Montag. Aus der Gegenrichtung kam ihm ein Jogger entgegen, oder vielmehr eine Joggerin, wie er aus grösserer Nähe feststellte. Auf einmal stockte sein Atem – Wuschelhaar! Er verlangsamte das Tempo. Keine Maske. Diese Augen! Dieses Gesicht! Beide standen still. «Tram Nummer sechs», meinte die Joggerin fröhlich. «Florian Balmer», stellte sich der Jogger vor. «Lisbeth Zaugg», antwortete die Frau und fügte fast drohend hinzu: «Bethli aus dem Emmental.»

Die Fortsetzung der Begegnung auf dem Joggingweg begab sich am Sonntag in einem Café in Worb – beim Betreten der Gaststätte mit Maske, bei Kaffee und Gipfeli ohne. Im Gespräch kamen sich Florian und die Prinzessin schnell näher.

«Nenn mich Lisbeth», bat die Kraushaarfrau mit den schönen Augen, «mit 'Bethli aus dem Emmental' stelle ich mich immer vor, um die ersten beiden Fragen zu vermeiden, die man mir sonst stellen würde: 'Woher kommst du und warum sprichst du so gut Berndeutsch?'»

«In Gedanken habe ich dich 'Prinzessin aus dem Emmental' genannt», bekannte Florian, «wegen deines auffällig schönen Berndeutschs.»

Lisbeth blickte verlegen drein. «Du wirst es nicht glauben, aber ich bin tatsächlich eine Prinzessin, Prinzessin Mamatunde aus Oyo in Nigeria. Mit meinem schönen Berndeutsch versuchte ich meine afrikanischen Wurzeln zu verdrängen, denn jahrelang wusste ich über meine Herkunft nichts Genaues. 'Ein Student aus Oyo' war das Einzige, was ich von meiner Mutter erfuhr. Erst nach seiner Rückkehr nach Nigeria hatte sie gemerkt, dass sie in Erwartung war. Sie war überzeugt, dass er zu ihr und dem Kind gestanden hätte, doch ein grausames Schicksal hatte das verhindert. Die nigerianische Maschine, mit der ihr Kurzzeitliebter den Rückflug aus London angetreten hatte, war beim Anflug auf Lagos abgestürzt. Der Erzeuger ihres Kindes war tot. Sie besass ein einziges wirklich gutes Foto von dem attraktiven Mann.»

Lisbeth zeigte Florian das Foto ihres Erzeugers. Sie biss in das Gipfeli, genehmigte sich einen Schluck aus der Tasse und fuhr dann weiter: «Natürlich hatte ich es als dunkelhäutiges Kind zunächst nicht leicht. Aber in der Nachbarschaft und in der Schule hatten sich schliesslich alle so an mich gewöhnt, dass ihnen gar nicht mehr auffiel, dass ich anders aussah. Anders war es, wenn Fremde auftauchten. Bis auf den heutigen Tag hasse ich das Wort Jöh – *jöh, lueg das härzige Meiteli.* Dabei war ich alles andere als *härzig.* Wenn mir Unbekannte über das Haar strichen, biss ich sie. Aus Wut über mein afrikanisches Blut hätte ich das Foto meines toten Vaters am liebsten vernichtet. Meine

Mutter liess das nicht zu. 'Ich stehe zu meiner damaligen Liebe, auch wenn sie bereits zu Ende war, bevor dein Vater ums Leben kam', erklärte sie mir. 'Sein Geschenk, du, meine Tochter, ist das Beste, was mir passieren konnte. Und dein Emmentaler Papa und deine Brüder haben dich lieb genau so, wie du bist.' Mamas zweite Liebe, mein weisser Papa, hat mir geholfen, die Ablehnung meines afrikanischen Blutes zu überwinden. Er erzählte mir immer wieder neue afrikanische Märchen. Er weckte in mir die Neugier darauf, wie meine afrikanische Verwandtschaft wohl aussähe. Vielleicht hätte ich in Oyo Grosseltern und Tanten, Onkeln, Cousins und Cousinen? Nach Abschluss meines Medizinstudiums machte ich mich auf die Suche. Meine Emmentaler Eltern finanzierten mein Unternehmen. Ich flog nach Lagos und von dort weiter nach Oyo. Meine Chancen hielt ich für gering, aber ich wollte es versuchen. Im Hotel zeigte ich der Dame am Empfang das Foto meines Erzeugers. Vielleicht kannte jemand den toten jungen Mann und seine Angehörigen. Die Dame war total überrascht: 'Nein, nein, dieser Mann ist nicht tot', jubelte sie, 'das ist unser König!' Leute, die sie herbeirief, bestätigten: 'Es gibt keinen Zweifel, das ist unser König.»

Florian war tief bewegt. «Und so bist du zum König gelangt und er hat dich empfangen?»

«Er hat Freudentränen vergossen und mich sofort seiner Frau und seinen Söhnen und Töchtern vorgestellt. Sie haben alle angefangen zu weinen und haben immer wieder Mamatunde gerufen.»

«Wieso konnten dich alle gleichzeitig Mamatunde nennen?»

«Mamatunde ist Yoruba und heisst 'Mama ist zurückgekommen'. Die alte Königin, die Mutter meines Vaters, also meine Grossmutter, war am Tag meiner Ankunft in Oyo gestorben. Ich wurde dem Volk bei der Beerdigung als wiedergekommene Mama vorgestellt. Ich werde diese Beerdigung nie vergessen. Das war die endgültige Versöhnung mit meinen afrikanischen Genen.»

«Afrikaner stehen zu ihrer Trauer, nicht wahr?»

«Das tun sie in der Tat, aber sie tun es in einer überwältigenden Fröhlichkeit des Glaubens. Die Yorubaleute sind alle tiefgläubige anglikanische Christen, doch nicht anglikanisch wie die nüchternen Engländer. Der Trauergottesdienst war ein gewaltiges Tanzfest. Alle Trauergäste hielten Fotos der verstorbenen Königin in den Händen und tanzten zu Trommelwirbel, Flöten und Saiteninstrumenten das in Christus auferstandene neue Leben von Königin Falake.»

Prinzessin Mamatunde wischte sich Tränen aus den Augen. Florian reichte ihr ein Papiertaschentuch. Dabei machte er eine unbeholfene Bewegung mit der Hand. Beinahe hätte er ... Lisbeth lächelte. «Du darfst mir ruhig über die Haare streichen, solange du nicht *jöh* sagst.» Florian vergass Corona, drohende Quarantäne und Gymnasium. Er strich der Prinzessin aus dem Emmental nicht nur über die Haare; er nahm sie in die Arme und küsste sie leidenschaftlich. Seine dritte Liebschaft hatte soeben begonnen. Eine Liebschaft, die in eine dauerhafte Lebenspartnerschaft münden würde, davon war er überzeugt. Eine Liebes- und Lebenspartnerschaft, zu welcher der Segen Gottes gehören würde. Bei den gläubigen Yorubas gehörte der göttliche Segen zu einem Zusammenleben in Liebe. Er ahnte – nein, er wusste –: Das Neue, das nicht nur durch Corona, aber durchaus auch dadurch in sein Leben getreten war, würde in einem gemeinsamen Leben in Oyo bestehen. Der König von Oyo hatte nicht nur Macht über ein Spital, sondern er hatte auch die Oberhoheit über das Schulwesen. Lisbeth würde den Ärmsten im Land im Spital dienen, er, Florian, würde dasselbe in der Schule tun.

Simone lächelte. «Eine gute Geschichte, nicht wahr», sagte sie zu ihrem Urahnen. «Churchill hatte recht: Never waste a good crisis. Die Coronakrise hat zwei Menschen zusammengeführt, die gemeinsam ein sinnvolles Werk aufbauen werden.»

Die Coronaliebesgeschichte hatte Simone in andere Stimmung versetzt. Sie lachte vergnügt vor sich hin. Bei *Wuschelkopf* war ihr die sympathische Tagesschaumoderatorin Angélique Beldner in den Sinn gekommen. Sie war überzeugt, dass Mark beim Schreiben seiner Geschichte an die Moderatorin gedacht hatte. Sie gähnte, knipste das Licht aus, liess sich in die Kissen fallen und schlief augenblicklich ein.

Der Aarefall

Als sie am Kanalweg in Nidau ein Haus mit Praxis und Wohnung ihr eigen genannt hatte, war Simone in einem heissen Sommer oft im Badekleid an den Seespitz marschiert, wo die Aare den Bielersee verlässt, und von dort in dem grossen schönen Fluss nach Hause geschwommen. Das Hochhaus, in dem sie jetzt lebte, lag nicht mehr am Kanal. Um vom neuen Wohnort an den Seespitz zu gelangen, musste sie durch das Städtchen gehen. Selbst für junge schöne Mädchen wäre es unschicklich gewesen, sich im Bikini im Städtchen zu zeigen, obschon das natürlich ein angenehmer Anblick gewesen wäre, doch Simone als Seniorin und bekannte Persönlichkeit wollte sich nicht allen Blicken aussetzen. Direkt am See oder an der Aare war das etwas anderes, da sollte jeder, ob alt oder jung, dick oder dünn, sich ohne Schutzhüllen bewegen dürfen. Aber nicht im Städtchen. Deshalb war sie seit ihrem Umzug nicht mehr in der Aare schwimmen gegangen, sondern hatte sich an das Schwimmbad Nidau mit Garderobe und Kleiderschränken gehalten. Doch für einmal leistete sie sich nun eine Ausnahme. Jedenfalls schwamm sie munter in der Aare. Aber wie war sie überhaupt in den Fluss gelangt? Litt sie an Alzheimer? War sie wirklich so, wie Gott sie erschaffen hatte, durch das Städtchen marschiert?

«Vor allem wie von Gott erschaffen», grinste Simon. «Schweig!», herrschte sie ihn an, «das ist einfach so eine Redewendung.»

Simone genoss es, sich von der Strömung treiben zu lassen. Das Schwimmen im See war auch schön, aber es war Arbeit. Ohne kräftige Arm- und Beinbewegungen kam man da nicht vorwärts. In der Aare dagegen konnte man faul auf dem Rücken liegen und kam dennoch voran. Und das im Augenblick ziemlich schnell, schneller als noch vor Jahren. War das dem ungewohnt hohen Wasserstand zu verdanken? Das Wasser musste schliesslich abfliessen. Aber in solchem Tempo! Sie überholte junge Velofahrer, die am Ufer ein Rennen veranstalten. Eine solche

Geschwindigkeit hatte sie nie zuvor erlebt, und das Tempo wurde von Sekunde zu Sekunde rasanter. Ein mächtiges Rauschen und Donnern drang an ihr Ohr. Wie hatte sie nur ein Leben lang übersehen können, dass die Aare zwischen Biel und Büren in die Tiefe stürzte! Da gab es nur eines: sofort ans Ufer. Doch es war schon zu spät. Angst erfüllte sie, als sie in die Tiefe gerissen wurde, doch auf einmal verschwand die Angst. Das Wasser liebkoste ihren Körper liebevoll warm und der Absturz fühlte sich an wie freies Fliegen durch die Luft. Schon war sie unten angelangt in dem herrlichen Aare-Jacuzzi-Sprudelbecken. Benommen vor Glück stieg sie aus dem Flussbecken. Und nichts wie sofort wieder hinauf marschiert und erneut den Sprung in die Aare gewagt. Sie befand sich gerade mitten im wohltuenden Sturzfall, als das Telefon sie schrill aus dem Traum riss.

«Mon Dieu, Maman!» Es war Silvie. «Du bist angesteckt!»

«Das weiss ich doch gar nicht, für den Test ist es noch zu früh.»

«Warum musstest du wieder Ärztin spielen und eine Frau reanimieren?»

«Du kommst in deiner Arbeit den Menschen ja auch nahe.»

«Das ist etwas anderes, ich bin Physiotherapeutin.»

«Und ich Ärztin.»

«Nein, bist du nicht mehr; du bist im Ruhestand und im Risikoalter!»

«Einmal Ärztin, immer Ärztin. Ohne mich wäre die Frau gestorben.»

«Maman, tu es impossible.»

«Ich nehme das als Kompliment.»

«Als das war es ja auch gemeint. Was kann ich dir bringen?»

«Klopapier habe ich jedenfalls noch genug.» Mutter und Tochter lachten.

«Heute Abend bereitet Eric Spinatkuchen zu. Ist das ok für dich?»

«J'adore la quiche aux épinards. Einfach vor die Türe stellen, klingeln und davonrennen. Telefonkuss, mein Schatz.»

«Telefonkuss, Maman.»

Was war mit dem Traum, aus dem Silvie sie gerissen hatte? Simone liess sich in die Kissen zurücksinken und schloss die Augen. Sie versuchte wieder einzuschlafen und in den schönen Traum zurückzugleiten. Noch einmal in die Aare springen und den herrlichen Fall hinabstürzen. Das hätte sie gerne noch einmal geträumt. Es gelang ihr nicht, der Traum wollte nicht wiederkommen. Sie war wach und blieb wach. Doch plötzlich richtete sie sich auf. Der Sturz im Wasserfall war der Tod! Er war wunderbar gewesen. Zu ihrem Entzücken stellte sie fest: Das wunderbare Gefühl war immer noch da. Der Tod war nicht der schlimme Feind; jedenfalls nicht für Menschen mit einem erfüllten Leben. Der Tod war wunderbar. Beglückt stellte sie sich unter die Dusche. Nicht um sich erneut zu desinfizieren, nicht einmal um sich zu waschen. Einfach um das Wasser zu spüren und sich im Aarefall zu fühlen.

Der Test

Selbst am zweiten Tag nach dem wunderbaren Traum fühlte Simone sich noch im siebenten Himmel. Wann hatte sie sich zum letzten Mal so gefühlt? In den besten Tagen ihrer Beziehung zu Reinhard. Schlagartig wurde ihr bewusst: Sie war verliebt. Unermüdlich liess sie sich in Gedanken durch den Aarefall gleiten und kostete das Glücksgefühl aus, verliebt zu sein.

Das Telefon summte. Es war Judith. Die Freundin war gut nach Hause gekommen. Fast keine Leute im Zug, kein Problem mit *social distancing*. Sie hatte trotzdem die Maske aufbehalten, das war ja Pflicht. Simone berichtete der Freundin von der Frau, die sie im Bahnhof reanimiert hatte. «Judith, ich befinde mich in Quarantäne.» Sie erzählte ihr den Traum vom Aarefall, von dem Glücksgefühl und der Verliebtheit.

Judith war spürbar bewegt. «Mensch, Simone, das ist Mystik!»

«Mystik?»

«Ja, Mystik pur, *Frui Deo*. Erinnerst du dich? Wir sassen bei Bibi, wie wir den kleinen Lehrer nannten, im Lateinunterricht und lasen Sätze über das *Frui Deo*, das Geniessen Gottes. Du bist verliebt in Gott.»

«Auf gar keinen Fall», wehrte Simone sich empört. «Ich kann nicht in einen Gott verliebt sein, den es ziemlich sicher gar nicht gibt!»

Judith gab nicht auf. «In wen oder was willst du denn sonst verliebt sein? In den Tod, den es zwar gibt, oder in einen Aarefall, den es nicht gibt? Und hast du mir nicht erzählt, dass du ein neues Gedicht geschrieben hast mit dem Titel *le cri*? Auf Jiddisch würde ich sagen: *ir vouk got mit meyn ruf.*»

«*Got* und *deyn ruf* habe ich verstanden», brummte Simone. «Das Ganze wird wohl heissen: Mit meinem Schrei habe ich Gott geweckt.»

«Ja, liebe Agnostikerin, das hast du. Du hast Gott geweckt. Ich bin gespannt, wie das weitergeht. Melde dich wieder, sobald du dich hast testen lassen. Ich hoffe, der Test ist negativ. Ich drücke dir die Daumen. Muntsch!»

Simone schaute auf die Uhr – 10 Uhr. Nicht zu früh und nicht zu spät. Gerade richtig, um sich für den Coronatest auf den Weg zu machen. Simone war überzeugt, dass sie das Coronavirus, wenn es sie denn erwischt haben sollte, aus ihrem Körper ausgeschieden hatte. Verliebte haben ganz andere Abwehrkräfte, egal ob sie nun in einen Wasserfall oder in einen Gott, die es beide nicht gab, verliebt waren. Der Mensch war ein seltsames Lebewesen. Wie konnte man sich in jemanden oder in etwas verlieben, das es nicht gab? Ein tolles Gefühl war es nichtsdestotrotz. Sie hatte sich online beim Testzentrum am Bahnhof angemeldet, nun band sie sich die Maske um und fuhr mit dem Lift nach unten. Quarantäne hin oder her, für den Test musste sie die Wohnung verlassen. Am Bahnhofplatz folgte sie der Beschilderung. Sie zeigte ihre Identitätskarte und den Krankenkassenausweis. Der Test war gratis. Der junge Mann in Schutzkleidung, vor dem sie sich auf einen Stuhl setzte, löste in ihr trotz Verliebtheit ein mulmiges Gefühl aus. Peter Tettler war normalerweise für den Service ihres Autos zuständig. Ein Automechaniker würde nun also gleich das Teststäbchen in ihre Nase einführen. Sie war doch kein Auto! Aber eben, das Pflegepersonal war coronabedingt an der Grenze der Belastbarkeit angelangt. Es rang in den Spitälern um das Leben der Menschen und konnte nicht ausserhalb der Krankenhäuser noch Tests durchführen. Herr Tettler fühlte ihre Unruhe. Er beruhigte sie. «Frau Doktor, ich habe selbstverständlich einen Kurs besucht. Und Sie sind nicht die erste Person, bei der ich den Test durchführe. Ziehen Sie die Maske von der Nase runter, aber so, dass der Mund bedeckt bleibt. Der Abstrich dauert etwa zehn Sekunden. Entspannen Sie sich, denken Sie an etwas Schönes. Stellen Sie sich vor, Sie seien verliebt.» Der Automechaniker musste mit dem Stäbchen zunächst zurückweichen, weil sie lachen musste. Sah man ihr die Verliebtheit denn an? Aber jedenfalls war sie jetzt entspannt. Sie fühlte, wie das Stäbchen etwa einen Zentimeter hoch und dann Richtung Ohr gezogen wurde. Es tat nicht eigentlich weh, aber es reizte ungemein zum Niesen und Husten; sie fühlte die Augen tränen. Herr Tettler verabschiedete sie mit aufmunternden Worten. «Gut gemacht, Frau Doktor. Sie bekommen in den nächsten drei Stunden eine SMS. Kommen Sie gut nach Hause.»

Sie hätte in ihrer Verliebtheit die ganze Welt umarmen können. Wie auf Flügeln kehrte sie nach Nidau zurück. Sie wärmte sich Sauerkraut und Rippli, welche Silvie ihr bereitgestellt hatte, und liess es sich schmecken. Sie gönnte sich sogar ein Glas Pinot Blanc aus dem Elsass. «Prost, Sensenmann», rief sie mit erhobenem Glas, «falls du es bist, in den ich mich verliebt habe.» Sie hörte etwas knurren oder summen. Zuerst dachte sie, es sei der Magen gewesen, doch vermutlich war es Simon, der mit ihrem *Prost, Tod* nicht einverstanden war. Es war aber auch nicht Simon, der summte, sondern das Handy; die SMS war eingetroffen: *Der Test ist positiv, rufen Sie bei Krankheitssymptomen den Arzt an.* Auf einmal fand Simone ihr Verliebtsein zwar immer noch wunderbar, aber im Zusammenhang mit dem Testergebnis konnte sie der Frage nicht ausweichen: «Ist Verliebtsein ein Krankheitssymptom? Bin ich jetzt wahnsinnig geworden? – Ach was!» Sie leerte das Glas in einem Zug, goss sich neu ein. Sie stellte sich vergnügt vor den Spiegel – es sah sie ja niemand – und sang mit lauter Stimme:

Gaudeamus igitur
Juvenes dum sumus
Post lucundam juventutem
Post molestam senectutem
Nos habebit humus, nos habebit humus

Die Stimme von Lateinlehrer Bibi vor sechzig Jahren imitierend rief sie in den Spiegel: «Übersetzen Sie das, Simone Perrin.» Und sie übersetzte:

Darum wollen wir fröhlich sein
Solange wir noch jung sind
Nach der angenehmen Jugendzeit
Nach dem beschwerlichen Alter
Wird uns die Erde haben

«Jung bin ich schon lange nicht mehr, aber allzu *molesta* ist das Alter bislang nicht», erzählte sie ihrem Bild im Spiegel, «und wenn mich jetzt die Erde schlucken sollte, dann bin ich wenigstens verliebt in den Tod.»

«Und bist du das?» fragte Simon. «Bist du verliebt in den Tod?»

«Du würdest es natürlich schätzen, wenn ich anstatt Tod Gott sagen würde, Grand-Papa, nicht wahr? Nun gut, ich will dir den Gefallen tun und heute Abend ausnahmsweise in der Bibel lesen. Sollte ich tatsächlich in Gott verliebt sein, müsste er mir aus der Bibel direkt entgegenspringen. Wo ist sie überhaupt?» Suchend ging sie der Bücherwand entlang. «Voilà, da haben wir die Gesuchte.» Warum nicht einmal die ganze Bibel lesen von Deckel zu Deckel. In der Quarantäne gab es ja nichts Besseres zu tun. Sie setzte sich auf das Sofa und begann in der Bibel zu lesen, ganz von vorne. Von früher her kannte sie den Wortlaut der ersten Kapitel noch: *Im Anfang schuf Gott den Himmel und die Erde. Die Erde war aber wüst und öde, und der Geist Gottes schwebte über der Urflut.*

Bereits bei den ersten Zeilen stockte sie. Das Altbekannte kam ihr nun doch neu vor. Bislang war sie der Meinung gewesen, die Bibel berichte, Gott habe das Universum aus dem Nichts geschaffen. Aber da gab es ja bereits eine Art Erde vor deren eigentlichen Schöpfung. Wenn sie bloss den hebräischen Text lesen könnte –

aber Hebräisch hatte sie eben nicht gelernt. Sie hatte eine Idee. Sie gab im Internet die Begriffe *Bibel hebräisch/deutsch* ein, *Genesis 1*. Dass das erste Buch Mose eigentlich Genesis hiess, wusste sie noch. Tatsächlich, der Text kam ihr deutsch und hebräisch entgegen. Die hebräischen Buchstaben konnte sie nicht lesen, doch die hebräischen Verse erschienen auch in phonetischer Schrift. *Tohuwabohu* stand da. Da war also ursprünglich kein Nichts, sondern ein Tohuwabohu, eine Tohuwabohuenergie. Das könnte doch so etwas wie ein Urknall gewesen sein. Interessiert las sie weiter : *Und Gott sprach: es werde Licht. Und es ward Licht ... ein erster Tag.*

Aha, Licht ohne Sonne. Passend zum Urknall, Explosion, Lichtblitze. Gar nicht so schlecht, was ihr zu diesen Bibelworten alles einfiel. Sie las vom ersten bis zum dritten Tag. Beim vierten Tag erlebte sie die nächste Überraschung. Für die alten Völker waren Sonne, Mond und Sterne mächtige Götter gewesen. Anders für die jüdischen Bibelschreiber – welch eine gewaltige entwicklungstechnische Leistung, stellte Simone staunend fest. Die mächtigen Götter waren zu kleinen Lämpchen degradiert worden, die ein noch viel mächtigerer Gott einfach so an den Himmel hängte. Die uralten Worte faszinierten sie. Warum gerade jetzt? Wahrscheinlich, weil sie verliebt war. Verliebte sehen die Wirklichkeit mit anderen Augen. Doch trotz Verliebtheit packte sie das Ganze wissenschaftlich an. Sie googelte an der phonetischen Umschreibung des hebräischen Urtexts herum. Chavah – Eva hiess die Lebensspenderin. Toller Mythos mitsamt der sprechenden Schlange und dem Hinauswurf aus dem Paradies. Sie war ja nicht nur Ärztin, sondern auch Schriftstellerin. Mit ihren Gedichten hatte sie Preise gewonnen. Sie bekam Lust, den alten Mythos von der Erschaffung der Erde und die Erzählung von Adam und Eva samt Schlange, Apfel und Rausschmiss aus dem Paradies auf ihre Weise neu zu erzählen. Das verpflichtete sie zu nichts, schon gar nicht, an Gott glauben zu wollen oder zu müssen. Aber sie musste schreiben, solange sie sich in dieser erstaunlichen Verliebtheit befand. Diese würde ja wohl kaum bis in die nächsten Tage andauern. Und sie würde ihren Essay ihrem alten Theologenfreund Mark Mauerhofer schicken.

Simone griff nach der Flasche und goss sich ein weiteres Glas ein. Sie setzte sich an den Computer. Der Wein und die Verliebtheit machten sie kreativ. Wie beim Gedicht *le cri* purzelten die Worte nur so aus ihr heraus, wenn auch in völlig anderer Stimmung. Und diesmal formten sich die Gedanken auf Deutsch.

Die Schlange auf dem Apfelbaum

Die Schöpfungsgeschichte Genesis 1-3 neu erzählt

«Wie manches Glas Wein hast du an diesem Abend bereits getrunken?», fragte Grand-Papa Simon. «Keine Ahnung», antwortete Simone, «aber ich fühle mich gut.» Sie gönnte sich einen weiteren Schluck und begann zu schreiben.

Simones Essay

Im Anfang war das Tohuwabohu, das dämonische lebensfeindliche Chaos. Über diesem Tohuwabohu brüteten wie eine Henne auf ihren Eiern die Liebe, die Gerechtigkeit und die grosse Sehnsucht, dass aus dem lebensfeindlichen Chaos etwas Gutes werden möchte. Und siehe da, es entstand ein wunderschöner Garten – das Paradies. Die Dreiheit – Liebe, Gerechtigkeit und Sehnsucht –, genannt Gott, packte das Chaos, formte daraus eine Schlange und setzte diese auf den Tohuwabohubaum. Dann schuf Gott die Eva, hebräisch Chawah, die Lebensspenderin. Er schuf sie aus Erde, hebräisch Adamah, Adam. Er hauchte der Lebensspenderin und der Adamah-Erde seinen Ruach ein, seinen Geist, da wurden sie göttliche Wesen – Menschen. Und die Dreiheit aus Liebe, Gerechtigkeit und Sehnsucht gebot ihnen: «Von allen Bäumen im Garten dürft ihr essen, nur von dem Baum des Tohuwabohu dürft ihr nicht essen, denn sobald ihr davon esst, wird das Chaos losbrechen.» Adam war ein gesetzestreuer langweiliger Mensch, der einfach von dem Erlaubten ass und trank. Anders die fantasievolle Eva. Immer wieder blieb sie vor dem verbotenen Tohuwabohubaum stehen und unterhielt sich mit dessen Chaosbewohnerin. Die Schlange bot ihr einen Apfel an. Eva rümpfte die Nase. Die Schlange versuchte es mit einer Banane. Kein Erfolg. Doch bei der Mango konnte Eva nicht anders: Sie biss in die herrliche Frucht, dass es nur so saftete und spritzte. Sie gab auch dem Langweiler Adam zu kosten. Da wurde dieser quicklebendig und kreativ, doch in demselben Augenblick brach das Paradies auseinander. Tohuwabohu, Chaos, Dämonie breiteten sich auf dem ganzen Erdkreis aus – auch in den Menschen. Aber der Geist Gottes blieb nach wie vor in ihnen. Seither sind die Menschen göttlich und dämonisch zugleich. Sie können leuchten in Liebe und Gerechtigkeit, denn sie sind Kinder Gottes, ein Abbild der göttlichen Liebe und Gerechtigkeit, sie sind aber auch fähig zum Tohuwabohu, sie können Teufel und Dämon sein. Selbst der grösste Heilige hätte ein grosser Verbrecher werden können, denn Verbrecher und Heiliger sind aus demselben Holz geschnitzt. Beide sehnen sich nach dem Paradies, in dem das Chaos überwunden ist. Selbst der grösste Verbrecher ist von der Sehnsucht erfüllt, es würde einer ihm zurufen: «Noch heute wirst du mit mir im Paradiese sein.»

«Das hat doch der Gekreuzigte einem Verbrecher zugerufen», murmelte Simone. Den Namen des Gekreuzigten sprach sie nicht aus. Sie reagierte nach wie vor allergisch auf fromme Worte und Namen. Sie las das Geschriebene noch einmal durch und klickte auf den Namen Mark Mauerhofer, Kopie an Judith Günzburger Salzmann. Sie stellte sich vor, wie die Schulkollegin und der Kollege den Kopf über die ahnungslose Agnostikerin schütteln würden. Sicher würde der Theologe Mark ihr schreiben: «Schuster, bleib bei deinen Leisten, gib dich deinen medizinischen Forschungen hin, aber erspare dir die chirurgischen Eingriffe an der Bibel.»

Kurz aufeinanderfolgende Klingeltöne kündigten ihr wenig später schon die Antworten der beiden alten Schulkollegen an. Sie traute ihren Augen kaum. Mark wie auch Judith gratulierten ihr. Beide erwähnten aus Simones Essay die Dreieinigkeit Gottes, Mark lobend, Judith fragend. Als Jüdin war die Trinität ihr fremd, auch wenn es sich in Simones Schöpfungsgeschichte eher um eine Trias handelte. Eine Trinität von Vater, Sohn und Heiligem Geist wäre für Juden völlig inakzeptabel, schrieb die Freundin, doch Simones Trias von Gerechtigkeit, Liebe und Sehnsucht sei ein auch von Juden zu beherzigendes theologisches Modell.

«Was sagst eigentlich du zu meinem Essay?», fragte Simone ihren inneren Simon.

«Im Mittelalter wärest du für diese Umwandlung des Mythos und die Neudefinition der Dreieinigkeit auf den Scheiterhaufen gekommen, doch heute kommst du geradezu in den Genuss in einen Doktortitels honoris causa.» Auch Simon war zufrieden mit ihr. So viel Lob brachte Simones verliebtes Herz erst recht in Wallung. «Wenn das so weitergeht, werde ich gar nicht an Corona sterben, sondern vor lauter Liebesgefühlen und zu viel Emotionen einen Herzschlag erleiden!», flüsterte sie Simon zu. Sie versuchte sich ein weiteres Glas Wein einzugiessen, doch die Flasche war leer. Am liebsten wäre sie in den Kleidern ins Bett gesunken, doch sie war selbst in Trunkenheit immer noch Ärztin. Sollte in der Nacht die Krankheit ausbrechen, musste sie für das Spital frisch und sauber sein. Sie zwang sich zu einer Dusche und zum Zähneputzen. Aus dem Tresor holte sie das Testament mit ihrem letzten Willen sowie die Patientenverfügung und legte beides sichtbar auf den Tisch. Als sie schliesslich ins Bett sank, kam ihr sogar das Vaterunser in den Sinn. Ein Essay über einen Bibeltext und anschliessend ein Vaterunser, das wäre religiöse Übertreibung, fand sie, das durfte nicht sein. Sie vertrieb den Gedanken an das Gebet mit einem ihrer Gedichte. Bereits bei der dritten Zeile schlief sie ein.

Tod und Auferstehung

Arzt-Sein schützt vor Torheit nicht. Simone hätte nie eine ganze Flasche Wein trinken dürfen. Sie war mit Kopfschmerzen erwacht, wie sie noch nie zuvor welche gehabt hatte. Als Ärztin musste sie Gewissheit haben, was in ihrem Körper vor sich ging. Ganz vorsichtig stieg sie aus dem Bett, darauf bedacht, nicht zu Boden zu fallen. Sie hatte keine Lähmungserscheinungen. Sie hatte auch keine Mühe, das Badezimmer zu finden. Ihr wurde weder schwindlig noch litt sie unter Koordinationsstörungen. Während sie auf dem Klo sass und das Wasser rauschen liess, zählte sie laut auf zehn. Keine Sprachstörung. Sie stellte die ärztliche Diagnose: Sie litt nicht an einer Hirnblutung. In einem Glas Wasser löste sie ein Dafalgan auf. Nach kurzer Überlegung schob sie eine zweite Tablette nach. «Gegen die Schmerzen dürfen Sie bis zu fünf Dafalgan pro Tag einnehmen», hatte sie den Patienten jeweils empfohlen. Sie schluckte das Wasser mit den zwei Tabletten und legte sich wieder hin.

«Silvie, ich habe einen ganz gewöhnlichen Alkoholkater», sagte sie zu ihrer Tochter, als diese anrief.

Sie versuchte, den Kopf nicht zu bewegen. Das Kopfweh wurde immer schlimmer. Zu allem Übel begann auch der Hals zu schmerzen. Sie war schweissnass. Sie mass sich die Temperatur: 38,9. Oh, dieser Kopf! Vielleicht würde ihr besser werden, wenn sie vomieren könnte. Sie kochte sich einen starken Kaffee mit viel Zitronensaft. Kaffee mit Zitrone hatte noch jeden Kranken zum befreienden Erbrechen gebracht. Nach Einnahme der grausigen Brühe musste sie sich tatsächlich mit Würgeschreien über das Klo beugen, doch die Mischung blieb in ihrem Magen. Das Würgen hatte den Schmerz nur noch verstärkt. Sie schluckte Dafalgan Nummer drei und vier und nach einer Weile auch noch Nummer fünf.

«Nein, Silvie, ich brauche nichts.» Die Tochter hatte schon wieder angerufen. «Die Schmerzen lassen nach.»

Das war gelogen. Es musste etwas Stärkeres her. Sie schluckte ein Ecofenac CR 75 mg, Antirheumatikum/Antiphlagistikum/Analgetikum. Keine Besserung. Als Ärztin wusste sie: An diesem Kopfschmerz, egal wie furchtbar, würde sie nicht sterben – leider. Leider, leider würde sie nicht sterben. Oh, wenn sie doch sterben könnte! Im Kopf tobten Explosionen. Endlich kotzen? Sie rannte ins Badezimmer und hustete in die WC-Schüssel. Nein, das war nicht das Kotzwürgen, das war ein bellender Husten.

«Maman», Silvie hatte einen Schlüssel, «das ist der furchtbarste Husten, den ich je gehört habe. Ich rufe den Krankenwagen.»

«Ja, Silvie, tu das. Auf dem Tisch liegen das Testament und die Patientenverfügung. – Silvie, ich … ich bin am Sterben. Hoffentlich trifft der Tod möglichst bald ein. Ich halte es nicht mehr aus. Und für dich, Silvie, gilt jetzt Quarantäne. Du hast …» Ein neuer Hustenanfall erschütterte sie. Sie rang nach Atem.

Jetzt wusste Simone, wem ihre viele Stunden dauernde Verliebtheit gegolten hatte. Das starke Gefühl war eine Todesahnung gewesen. Sie war in den Tod verliebt gewesen. Ihr ganzes Sinnen und Trachten war auf den Tod ausgerichtet. Verliebt war sie nicht mehr, aber sie fürchtete sich auch nicht. Im Gegenteil, sie hatte den dringenden Wunsch, dass der Tod sie augenblicklich aus dem Leben reissen möchte. Als die Sanitäter in Schutzanzügen eintrafen, war sie gerade noch fähig, selber in den Lift einzusteigen. Unten angekommen, liess sie sich bereitwillig auf eine Trage legen. Sie bekam keine Luft. «Ich will sterben», stöhnte sie, «aber nicht ersticken.» Die Atemmaske, die ihr über Mund und Nase gestülpt wurde, verschluckte ihre Worte. Sie hörte die Sirene des Krankenwagens auf der Fahrt durch die Stadt. Sie fühlte und hörte die eiligen Schritte, als sie durch das Spital getragen wurde. Der Klang von Sauerstoffflaschen drang an ihr Ohr. Sie hörte Apparate piepsen, Alarmglocken schrillen. Ein wahnsinniger Druck auf der Blase quälte sie. Egal, ob das Bett nass würde, sie musste – aber es kam nichts. «Ich kann nicht urinieren», stöhnte sie. Hände in

Gummihandschuhen berührten ihren Unterleib. Sie ahnte, ihr war ein Blasenkatheter gelegt worden. Sie vermochte kaum die Augen zu öffnen. Wenn sie es versuchte, sah sie Menschen wie Ausserirdische um sie herumschweben. Sie wusste nicht mehr, ob der Kopf, der Hals oder die Brust schmerzte. Sie empfand sich als ganzheitliches Schmerzpaket. Nebst dem Sterbewunsch war sie nur von einer weiteren Sehnsucht erfüllt: Sie sehnte sich nach der Berührung durch eine warme, nicht-gummierte Hand, einer Umarmung, einem Kuss. *Ach! aber für Lenoren war Gruss und Kuss verloren.* Sie hatte keine Ahnung, ob sie wach war oder träumte, ein schrecklicher Traum, aus dem sie erwachen würde. Leichen wurden in Särge gelegt und weggeschafft. Das konnte unmöglich Realität sein. Die Alarmglocken, das Stöhnen, die eiligen Schritte dagegen waren vermutlich echt. Dass sie sich in der Intensivstation befand, war ihr bewusst. Für die Sauerstoffmaske war sie dankbar, obwohl diese sie nicht in jedem Fall vor dem Ersticken bewahren würde. Wenn die Lunge den Sauerstoff nicht mehr aufnahm, musste sie ersticken. Als Ärztin wusste sie, wie eine von Corona zersetzte Lunge aussah, zu vergleichen mit dem Fell eines Leoparden, jeder schwarze Fleck ein Loch. War sie bereits am Ersticken? Hatten die Ärzte ihr genügend Morphium verabreicht, sodass sie das Ersticken nicht wahrnehmen würde?

Lag Simone erst einige Stunden im Spital oder bereits seit Tagen? Sie schwamm in der Aare. Endlich stellte sich wieder die Freude ein, die Freude, vom Wasser in die Tiefe gerissen zu werden. Der Wasserfall würde diesmal das Ende sein. Das Wasser rauschte immer stärker, gleich würde es so weit sein. Doch was war das? Das Rauschen schwoll an zu einer Stimme. Schon wieder Simon? Immer Simon? Selbst in der Todesstunde Simon? Oder war es gar nie Simon gewesen? War ihr eigentliches Selbst gar kein Simon, sondern etwas ganz anderes? «Ich möchte dich fragen», rauschte die Stimme: «Hast du eigentlich gelebt oder bist du gelebt worden? Hast du dich nicht ein Leben lang von deinem Vater abgenabelt? Oder abgenabelt von einer Tradition? Wirst du von der Abnabelung gelebt? Besteht dein Leben aus lauter Abnabelung?

Muss dein Leben zerrissen werden, damit du erkennen kannst, was dich und die Welt in ihrem Innersten zusammenhält?» Warum konnte die Aare sprechen, überlegte sie selbst im Fieberwahn und Todeskampf. Aber es war gar nicht das Rauschen der Aare, das zu ihr sprach. Und sie schwamm gar nicht in der Aare, sie schoss durch den dunklen Weltraum. Sie musste tot sein, ihre Seele hatte sich vom Leib getrennt. Über ihr im Weltraum leuchteten in der Dunkelheit die Sonne und der Mond und es glitzerten die Sterne. Die strahlende Sonne und der silberne Mond senkten sich auf Simone herab. Und Sonne, Mond und Sterne waren es, welche redeten.

Doch als sie genauer hinschaute, waren es gar nicht Sonne und Mond, sondern zwei Kosmonauten in Weltraumanzügen. Der eine Kosmonaut – offenbar eine Kosmonautin – sagte laut und bestimmt: «Die Lunge Ihrer Mutter arbeitet wieder, die Sauerstoffwerte sind zufriedenstellend.»

«Willkommen zurück im Leben, Maman», begrüsste der andere Kosmonaut sie mit tränenfroher Stimme.

«Yanis», flüsterte Simone.

Ihr Jüngster stand in Schutzkleidung neben ihrem Bett, neben ihm die Ärztin. Yanis zog die Gummihandschuhe aus.

«Tun Sie das bitte nicht», warnte die Ärztin.

Ihr Sohn gehorchte nicht. Er streichelte ohne Gummihandschuhe ihre Wangen. Das war wohltuend.

«Yanis?», murmelte sie.

«Ja, Maman?»

«Tust du mir einen Gefallen.»

«Avec plaisir, Maman.»

«Im Keller gibt es auf dem Regal ein altes Bild von einem Vorfahr, Pasteur Simon Perrin. Kannst du es aus dem Keller holen und in meinem Schlafzimmer über mein Bett hängen?»

Der Sohn fing an zu lachen. «Meine Mutter ist gerade dem Tod entronnen, seit Wochen kann sie zum ersten Mal wieder sprechen, und was sagt sie als erstes: Ich soll aus dem Keller ein uraltes Bild holen.»

Simone hörte auch die Ärztin lachen.

«Sein Bild erinnert mich an etwas oder besser gesagt an jemanden – oder an eine Jemandin, die ich verdrängt hatte», murmelte sie. «Das Bild wird mir helfen, wieder zu atmen.»

Yanis versuchte ernst zu bleiben. «Maman, wie soll das alte Bild dir helfen, wieder zu atmen?»

«Ach, Sohn, ich bin zwar ins Leben zurückgekehrt, aber ich bin noch zu schwach für lange Erklärungen. Frag meine Freundin Judith, sie wird es dir erklären.»

Erschöpft schloss Simone die Augen. Im Halbschlaf liess sie sich beglückt in die Aare gleiten. Das Tosen und Brausen des in die Tiefe stürzenden Wassers spielten ihr Judiths Wort ins Herz: «*Shrai nit, vest oyfvekn got.*» Sie hatte in Gedanken und Gedichten immer wieder geschrien und jetzt auf einmal war etwas in ihr erwacht. Oder war es gar kein Etwas, sondern ein Jemand? In ihrem Zustand als halb Schlafende, halb Wachende war sie erneut eine Verliebte, doch diesmal fühlte die Liebe sich anders an. Diesmal war sie erfüllt von der Erkenntnis, dass die Verliebtheit, welche sie genoss, nicht ihre eigene Liebe war, sondern das Erfasstwerden vom Geheimnis des Lebens, dem Urgrund der Liebe, nach dem sie geschrien hatte. Simone selber war die Schlafende gewesen. «Jetzt bin ich erwacht», murmelte sie und liess sich von der Liebe Wellen in einen wohltuenden Genesungsschlaf wiegen.

Erklärungen

Tragödie von Saint-Gingolph	Juni 1944
Schätzeli	Helvetismus: Liebling
Chouchou	französisches Kosewort: Herzchen, Liebling
Laisse-toi tomber dans les mains du Seigneur	Lass dich in die Hände Gottes fallen
Fudibrätsch	Helvetismus: den Hintern versohlen
Landjäger	Schweiz, Österreich, Süddeutschland: Kantige, 15 cm lange, haltbare Trockenwürste aus Rind- und Schweinefleisch und Gewürzen.
Geschächtetes Fleisch	Fleisch von Tieren, die mit oder ohne Betäubung mit einem einzigen Schnitt quer durch den Hals getötet werden, sodass das Blut ausfliessen kann.
Déformation professionelle	Berufskrankheit
Häftli	Öse zum Schliessen der Kleider, wie sie vor der Erfindung des Reissverschlusses gebraucht wurden
Le municipal, Verballhornung	le muni si pâle – der ach so bleiche Muni.
Muni	Schweiz: ein Ochs.
Mazel tov	Gratulation auf Jiddisch

Animus und Anima	Begriffe aus der Psychologie von Carl Gustav Jung, Archetypen angelegt im kollektiven Unbewussten des Menschen.
Hotel Arbez Franco-Suisse	In der Schweiz gehört das Hotel zur Gemeinde Saint-Cergue, in Frankreich zu Les Rousses. Max Arbez hat hunderten von Juden und Mitgliedern der Résistance den Grenzübertritt in die eine oder andere Richtung ermöglicht und sie im Hotel versteckt. Israel hat ihm 2012 posthum die Auszeichnung *Gerechter unter den Völkern* zuerkannt. Seine Witwe hat die Auszeichnung entgegengenommen.
Concentrationslager Büren	Das grösste Schweizer Internierungslager, Concentrationslager mit C
Wir sind die Moorsoldaten, leicht gekürzte Fassung	Text von Johann Esser und Wolfgang Langhof
Kiss of Life	Mund-zu-Mund-Beatmung
Defibrillator	Wiederbelebungsgerät
AED	automatischer externer Defibrillator in Glaskästen in Hotels, Banken, Bahnhöfen etc.
PET	PET steht weder für Haustier (englisch: pet) noch für PET Flaschen, sondern heisst Positionen-Emissions-Tomographie.

Le cri	Mit freundlicher Erlaubnis der Autorin, Françoise Verrey Bass (*Livre des heures*)
Muntsch/Müntschi	Helvetismus: Kuss

Weitere Bücher von Marcel Dietler

Der Hyänenflüsterer vom Wasserfall

ISBN-13: 9783754337158

Erscheinungsdatum: 07.09.2021

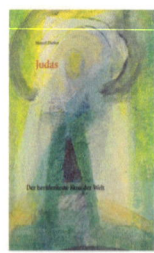

Judas

Der berühmteste Kuss der Welt

ISBN-13: 9783753424927

Erscheinungsdatum: 11.03.2021

Der zwangspensionierte Gott

Ein Blick aus der Zukunft in die Vergangenheit und Gegenwart

ISBN-13: 9783752628975

Erscheinungsdatum: 18.11.2020

Gekrönt oder gehörnt

Mit Gott und Menschen durch die Coronakrise

ISBN-13: 9783751935166

Erscheinungsdatum: 12.06.2020

Über die Bücher gehen

Ein Gespräch mit Bibel-Verächtern, Bibel-Gläubigen, Bibel-Freunden, Bibel-Neueinsteigern und Bibel-Gelangweilten

ISBN-13: 9783750482371

Erscheinungsdatum: 20.03.2020

Pilatus

Die letzten Stunden des Statthalters von Helvetien

ISBN-13: 9783750403390

Erscheinungsdatum: 16.11.2019

Ich freue mich auf meine Beerdigung

Ich werde dabei sein

ISBN-13: 9783749431427

Erscheinungsdatum: 05.04.2019